Tidak Ada Yang Bisa Lolos
Dari Takdir Anda

Tidak Ada Yang Bisa Lolos Dari Takdir Anda

Aldivan Torres

aldivan teixeira torres

CONTENTS

1 | 1

1

" Tidak Ada Yang Bisa Lolos Dari Takdir Anda
"

Aldivan Torres

Tidak Ada Yang Bisa Lolos Dari Takdir Anda

Pengarang: Aldivan Torres
© 2020- Aldivan Torres
Semua hak dilindungi undang-undang

Buku ini, termasuk semua bagian, dilindungi oleh hak cipta, dan tidak boleh direproduksi tanpa izin dari penulis, dijual kembali, atau ditransfer.

Aldivan Torres, adalah seorang penulis konsolidasi dalam beberapa genre. Sampai saat ini memiliki judul yang diterbitkan dalam puluhan bahasa. Sejak usia dini, ia selalu menjadi pecinta seni menulis setelah mengkonsolidasikan karier profesional dari paruh kedua tahun 2013. Dia berharap dengan tulisan-tulisannya untuk berkontribusi pada budaya internasional, membangkitkan kesenangan membaca mereka yang belum memiliki kebiasaan itu. Misi Anda adalah memenangkan hati masing-masing pembaca Anda. Selain sastra, selera utamanya adalah musik, perjalanan, teman, keluarga, dan kesenangan hidup. "Untuk sastra, kesetaraan, persaudaraan, keadilan, martabat, dan kehormatan manusia selalu" adalah motonya.

" Tidak Ada Yang Bisa Lolos Dari Takdir Anda
Tidak Ada Yang Bisa Lolos Dari Takdir Anda
Setelah perjalanan panjang
Hanumantal Bada Jain Mandir
Tempat perlindungan pertama
Dalam skenario kedua
Dalam skenario ketiga
Dalam skenario keempat
Dalam skenario kelima
Dalam skenario keenam
Dalam skenario ketujuh
Dalam skenario kedelapan
Petani kaya dan wanita muda yang rendah hati
selamat jalan
Bekerja di bar
Nasehat
Bekerja di pertanian
Reuni keluarga
Pengantin pria dihormati
Perjalanan
Sebulan di kota Rio Branco
Reaksi keluarga mawar
Kembali ke Cimbres
Upaya mantan pengantin pria untuk rekonsiliasi
Perayaan pernikahan
Kelahiran anak pertama
Pembentukan perdagangan pertama
Pembukaan pasar
Kemakmuran

Keluarga
Periode sepuluh tahun
Reuni
Menyadari perannya dalam masyarakat
Pencarian mimpi
Pengalaman masa kecil
Tidak ada yang menghormati seksualitas saya
Kesalahan besar yang saya buat dalam kehidupan cinta saya
Kekecewaan besar yang saya miliki dengan rekan kerja
Prediksi besar untuk hidup saya
Orang suci yang merupakan putra seorang apoteker
Perjalanan
Tiba di Seminari
Kunjungan Bunda Maria
Pelajaran tentang agama
Percakapan di seminar
Masuk ke dalam jemaat Penuh kasih
Berkeliling negara sebagai misionaris
Di sebuah desa di Italia selatan
Kematian Pendiri Kongregasi
Penunjukan untuk jabatan Uskup
Invasi Napoleon Bonaparte
Periode pengasingan
Selamat tinggal misi
Jabalpur- 4 Januari 2022

Setelah perjalanan panjang

Saya baru saja turun dari pesawat dan sangat gembira atas banyaknya wilayah Adat. Itu adalah pemandangan yang sangat spektakuler. Dengan bantuan yang terbentuk di antara pegunungan, pejalan kaki, mobil, dan hewan yang berlomba-lomba untuk *mendapatkan ruang, India adalah negara yang sangat eksotis. Saya merasa sangat baik di ruang yang aneh dan mistis itu.*

Turun dari pesawat, saya sampai ke bandara sedikit bingung. Saya berkomunikasi dalam bahasa Inggris dan salah satu staf lokal membawa saya ke taksi. Tujuannya adalah untuk sampai ke hotel di mana saya sudah diharapkan.

Saya masuk ke dalam taksi; Saya menyapa pengemudi dan saya memberi Anda alamat yang Anda inginkan. Saya duduk dengan nyaman di kursi belakang dan kemudian pertandingan diberikan. Pekerjaan pertama saya di negara ini dimulai. Untuk sesaat, pikiran penting melihat pikiran saya. Apa yang akan terjadi? Apakah saya siap untuk tantangan? Di mana saya akan menemukan master? Ada banyak pertanyaan yang belum terjawab saat ini.

Kota ini tampak sangat baik bagi saya. Terpesona olehnya, kami maju di jalan-jalan sempit seolah-olah tidak ada waktu. Tampaknya jalan pencerahan membuang waktu dan ruang. Sepertinya keraguan saya lebih besar dari apa pun. Tetapi juga, rasa ingin tahu dan keinginan untuk menang memenuhi saya sepenuhnya dan menjadikan saya seorang pria yang harus dikerjakan. Saya hanya tidak tahu kapan atau bagaimana ini akan terjadi.

Ini semua membawa saya ke refleksi besar yang melibatkan hidup saya sendiri dan karier saya. Saya melihat hidup sebagai ujian spiritual yang besar. Manusia ditanam di lingkungan sosial, kesulitan muncul dan cara menghadapinya, dan terserah kita untuk berbagi. Jika kita pasif dalam hidup, kita tidak akan menuai apa-apa. Jika kita aktif dalam proyek kita, kita akan memiliki kesempatan untuk menang atau gagal. Jika kita gagal, kita dapat mengambil keuntungan dari pengalaman yang diperoleh dalam situasi baru. Jika kita menang, kita bisa datang dengan mimpi baru sehingga kita bisa menempati pikiran kita. Karena manusia adalah ini: dia hidup dalam pencarian terus-menerus untuk Tuhan dan dirinya sendiri.

Lewat di jalan-jalan itu, saya melihat akibat dari kemiskinan dan kekayaan yang diwarisi oleh penduduk. Semua ini bukan karma. Semuanya bisa dibentuk atas kemauan kita sendiri. Dan itu bahkan bukan masalah keegoisan. Ini adalah cara untuk mencapai tujuan Anda karena tidak ada yang dibangun di bumi tanpa uang. Memiliki uang tidak memberi Anda tanggung jawab dengan evolusi Anda sendiri. Kita harus selalu melakukan amal untuk menemukan kebahagiaan sejati dan bertemu dengan pencipta segala sesuatu.

Taksi akhirnya tiba. Saya menaiki tangga hotel dan merasa nyaman di apartemen lantai pertama. Saya mengemasi tas saya dan saya merasa bebas. Setelah itu, saya meninggalkan apartemen dan berbicara dengan salah satu staf lokal. Salah satu dari mereka sangat tertarik dengan rumah saya dan bersedia menjadi pemandu saya.

Dinesh

Aku benar-benar menyukaimu. Sikap Anda, tindakan Anda, cara Anda menjadi sangat khas bagi saya. Siapa nama Anda dan dari mana Anda berasal?

Seperti Dewa

Nama saya Ilahi, putra Allah, pelihat atau Aldivan Torres. Saya adalah salah satu penulis besar Brasil.

Dinesh

Oh, itu luar biasa. Saya suka orang-orang Brasil. Aku penasaran denganmu. Bisa ceritakan sedikit tentang cerita Anda?

Seperti Dewa

Tentu saja, saya akan senang. Tapi itu cerita yang panjang. Bersiaplah. Nama saya Aldivan Torres dan menyelesaikan gelar dalam Matematika. Dua gairah besar saya adalah sastra dan matematika. Saya selalu menjadi pecinta buku dan sejak saya masih kecil, saya telah mencoba menulis buku saya. Ketika saya berada di tahun pertama sekolah menengah saya, saya mengumpulkan beberapa kutipan dari kitab-kitab Pengkhotbah, Kebijaksanaan, dan Amsal. Saya sangat senang meskipun teks itu bukan milik saya. Saya menunjukkannya kepada semua orang, dengan kebanggaan yang luar biasa. Saya menyelesaikan sekolah menengah, mengambil kursus komputer, dan menghentikan studi saya untuk sementara waktu. Kemudian, saya memasuki kursus teknis Elektroteknik milik pada saat itu ke Pusat Pendidikan Teknologi Federal. Namun, saya menyadari itu bukan daerah saya untuk tanda-tanda nasib. Saya siap untuk magang di daerah itu. Namun, sehari sebelum tes yang akan saya ambil, kekuatan aneh terus-menerus meminta saya untuk menyerah. Semakin banyak waktu berlalu, semakin besar tekanan yang diberikan oleh kekuatan ini. Sampai saya memutuskan untuk tidak mengikuti tes. Tekanan menjadi tenang, dan begitu juga hati saya. Saya pikir itu adalah tanda takdir bagi saya untuk tidak pergi. Kita harus menghormati batas kita sendiri. Saya melakukan beberapa kontes; Saya disetujui dan saat ini saya menjalankan peran asisten administrasi pendidikan. Tiga tahun yang lalu, saya memiliki tanda nasib lain. Saya memiliki beberapa masalah dan akhirnya mengalami gangguan saraf. Saya kemudian mulai menulis dan dalam waktu singkat itu membantu saya untuk meningkatkan. Hasil dari itu semua adalah buku: Visi media, yang tidak saya publikasikan. Semua ini menunjukkan kepada saya bahwa saya dapat menulis dan memiliki profesi yang layak. Setelah itu, saya lulus kontes lain, menghadapi masalah di tempat kerja, menjalani petualangan baru dalam seri pelihat dan memiliki cinta yang besar dan kekecewaan profesional. Semua ini membuat saya tumbuh menjadi pria seperti sekarang ini.

Dinesh

Menarik. Kedengarannya seperti lintasan yang indah bagi saya. Saya lebih sederhana. Saya adalah putra seorang biarawan, dan saya belajar rahasia dari agama saya bersamanya. Saya juga meneliti lebih banyak tentang budaya dan tumbuh sebagai manusia. Entitas saya telah menunjuk Anda sebagai seseorang yang istimewa. Aku benar-benar ingin mengenalmu lebih baik.

Seperti Dewa

Nah, itu saja. Aku juga tertarik untuk bertemu denganmu. Mari kita lakukan pertukaran budaya ini. Saya ingin tahu lebih banyak tentang negara dan budaya Anda. Kita akan tumbuh bersama menuju evolusi.

Dinesh

Lalu ikuti aku.

Saya menjawab panggilan ahli. Kami naik taksi dan mulai berjalan di jalan-jalan kota. Sungguh, saya menikmati semua yang saya saksikan. Semuanya begitu baru dan sangat menarik. Ini mendorong saya untuk mengamati semuanya secara rinci untuk menulis karya saya berikutnya.

Berjalan berputar-putar dan kemudian lurus, saya pergi melihat ke luar jendela mobil semua gerakan di jalan-jalan. Saya merasa bahagia, senang, dan penuh ide. Saya menemukan diri saya terinspirasi untuk menghasilkan pesona hidup yang baik bagi semua orang yang menemani saya. Semuanya ditulis dalam buku kehidupan dan takdir. itu sudah cukup untuk percaya. Saat kami berjalan, saya memulai percakapan.

Seperti Dewa

Bagaimana Anda mendefinisikan kota Jabalpur?

Dinesh

Jabalpur adalah kota terpadat ketiga di distrik Madhya Pradesh dan aglomerasi perkotaan terbesar ke-37 di negara ini. Kami adalah kota penting dalam konteks komersial, industri dan pariwisata. Kami juga merupakan pusat pendidikan yang penting.

Seperti Dewa

Apa asal usul nama Jabalpur?

Dinesh

Ada yang mengatakan itu karena seorang bijak yang bermeditasi di tepi Sungai Narmada. Yang lain mengatakan itu karena batu granit atau batu besar yang umum di wilayah tersebut.

Seperti Dewa

Hebat. Sangat bagus. Saya menikmati untuk mengenal sedikit lebih banyak tentang tempat ini.

Mobil memberikan benjolan dan perasaan yang paling santai. Semuanya pindah ke pertemuan budaya dan tradisi. Pada saat itu, penting untuk memprioritaskan pengetahuan dan kebijaksanaan yang bisa diperoleh. Setelah program, itu bisa menaklukkan pembebasan diri batin, energi yang begitu kuat sehingga bisa membuat kita mencapai pencerahan. Tidak ada sama sekali yang mustahil untuk ditaklukkan karena iman dapat menghasilkan mukjizat besar.

Kendaraan bergerak dari sisi ke sisi, dan kita menemukan diri kita tersebar dalam pikiran kita sendiri. Ketika ahli bersiap untuk mempertanyakan dirinya sendiri dan merancang strategi pembelajaran, saya melakukan perjalanan dalam kisah hidup lama saya. Seluruh proses kreatif sebelumnya memperkuat saya sedemikian rupa dan mengilhami saya untuk menciptakan dunia dan konsep. Penting untuk membenamkan diri di inti alam semesta, untuk memperkuat dengan entitas energi, untuk mengeksplorasi kendali diri sendiri adalah tantangan besar.

Begitulah cara kami sampai ke pusat pelatihan.

Hanumantal Bada Jain Mandir

Mobil parkir di depan kuil. Kami turun, membayar sopir, dan mulai berjalan ke arahnya.

Dinesh

Kita berada di tempat yang suci. Di sinilah saya belajar menjadi biksu sejati. Di sini kita bekerja dengan cairan energik yang baik. Kebutuhan konsentrasi untuk menyinari energi kita. Kata yang paling tepat adalah belajar.

Seperti Dewa

Terima kasih telah mengundang saya. Kami di sini untuk bertukar energi. Saya yakin ini akan menjadi pengalaman yang luar biasa.

Dinesh

Sama sekali. Kehormatan akan menjadi milikku.

Tempat perlindungan pertama

Mereka memasuki gedung besar, menyimpan barang-barang di sebuah ruangan, dan kemudian pergi ke pelatihan spiritual. Sekarang adalah waktu yang tepat untuk tumbuh dan berkonsolidasi sebagai guru spiritual. Sumber-sumbernya yang mendidih mengutuk hal-hal mengerikan di benaknya seolah-olah membangkitkan kekuatan batin.

Pada tanda tuanya, mereka berpegangan tangan dan mencoba memusatkan energi vital mereka. Ritual ini membuat mereka sadar dan pada saat yang sama dengan pikiran yang sangat terbuka.

Dinesh

Banyak yang tidak tahu tujuan mana yang harus dipilih atau arah mana yang harus diambil. Mereka adalah domba yang mencari seorang gembala. Yang lain tidak tahu politik, politik, ideologi, seksualitas atau agama mana yang ditakdirkan. Berhenti, berpikir, dan merenung. Cobalah untuk mendengarkan suara intuisi Anda. Cobalah untuk terhubung dengan kekuatan energi ilahi. Ketika kita berhubungan dengan energi-energi ini, kita dapat membuat keputusan sendiri. Itu terlepas dari keyakinan Anda. Setiap pilihan berlaku selama tidak membahayakan yang berikutnya. Di dunia, kita memiliki dua pilihan: pilihan untuk jalan kegelapan dan pilihan lainnya adalah untuk jalan kebaikan. Ini juga mencerminkan sikap dan refleks kita. Kita tidak bisa berbicara dengan cara yang lebih baik. Semua adalah jalur pembelajaran dan tidak definitif.

Seperti Dewa

Ini adalah jalur pembelajaran yang ingin saya ambil. Saya suka cara ini mengalami sensasi yang beragam dan otonom. Pengetahuan adalah senjata besar kita melawan kebencian dan kekerasan. Kita harus berjuang dengan berani untuk cita-cita kita. Kita perlu membuat satu sama lain bahagia dan membiarkan diri kita bahagia. Kita semua berhak mendapatkan kebahagiaan di jalan magang abadi ini. Bagaimana saya bisa mencapai tingkat pembebasan spiritual ini?

Dinesh

Kita harus melepaskan hal-hal serius. Kita harus membuat pilihan yang tepat. Kita harus memilih yang baik, berada di pihak kelompok LGBTIQQ, berada di samping orang kulit hitam, wanita, dan orang miskin. Kita harus berdiri di samping yang dikecualikan dan berbagi dengan mereka roti yang sama. Kita perlu melakukan ini untuk Tuhan, untuk diri kita sendiri, untuk keajaiban kelahiran, untuk kemuliaan keberadaan, untuk mengurangi rasa sakit sentimental dan fisik kita, untuk memiliki lebih banyak kekuatan untuk memperjuangkan tujuan Anda, dan untuk menulis cerita Anda sendiri dengan cara yang bermartabat. Ketika kita meninggalkan semua kejahatan, kita disebut orang bijak.

Seperti Dewa

Saya sudah melakukan semua itu. Saya berada di pihak yang teraniaya dan terpinggirkan. Saya memiliki keberanian untuk mengidentifikasi diri saya sebagai orang luar. Saya merasakan dalam diri saya setiap hari penderitaan prasangka dan intoleransi. Jika saya adalah Tuhan, saya akan menjadi Tuhan orang miskin dan yang dikecualikan.

Dinesh

Itu luar biasa, Aldivan. Saya mengidentifikasi dengan Anda. Ada saat-saat dalam hidup kita bahwa kita butuh keberanian, identifikasi, dan tekad. Kita perlu mengalirkan naluri superior kita dan melakukan mukjizat. Kita perlu mengambil inisiatif dan melakukan lebih banyak untuk orang lain. Maaf kau belajar. Mari kita pergi ke kuil berikutnya.

Keduanya berjalan beriringan sehingga energi mengalir dengan baik dan pindah ke skenario kedua.

Dalam skenario kedua

Kedua teman itu sudah berada di skenario kedua. Ahli mengatur seluruh lingkungan untuk ritual: mangkuk, kue, dan meja di tengah. Mereka menggunakan gelas untuk minum minuman keras dan makan kue. Dalam hal ini, suara-suara aneh dapat terdengar di perut mereka. Meledak di perut kembung, mereka menciptakan asap di sekitar.

Dinesh

Dunia, pada hari ini, penuh dengan prasangka dan diskriminasi. Di satu sisi, elite kulit putih, kaya, cantik, politik dan di sisi lain, orang miskin, yang jelek, bau dan wanita. Dunia yang penuh dengan aturan dibuat sesuai dengan keinginan elite. Hanya dia yang memiliki manfaat merasa superior, dicintai, dan dikagumi. Sementara mereka yang didiskriminasi dianiaya dan hampir tidak bisa bernapas atau hidup damai. Dunia membutuhkan banyak perubahan struktural. Kita membutuhkan kebijakan yang adil untuk semua orang, kita membutuhkan lebih banyak penciptaan lapangan kerja, kita membutuhkan lebih banyak amal dan kebaikan, pada akhirnya, kita perlu memiliki masyarakat baru di mana setiap orang benar-benar setara dalam kesempatan, hak, dan kewajiban.

Seperti Dewa

Aku merasakannya di kulitku, temanku. Anak petani, sejak usia dini saya belajar untuk memperjuangkan tujuan saya. Di jalan itu, saya tidak mendapatkan bantuan dari siapa pun kecuali bantuan ibu saya. Saya harus berjuang dengan berani untuk impian saya. Ketika kita bekerja keras, Tuhan memberkati. Begitulah cara saya secara bertahap mencapai tujuan saya tanpa menyakiti siapa pun. Dengan setiap kemenangan yang diraih, saya mengalami sensasi yang sangat baik. Seolah-olah alam semesta mengembalikan semua kebaikanku. Dalam hal ini, kita dapat mempertimbangkan pepatah berikut: siapa yang menanam, menuai!

Dinesh

Yang terburuk dari semuanya, teman saya, adalah ketika prasangka ini berubah menjadi kebencian, kekerasan, dan kematian. Ada geng yang mengkhususkan diri dalam membunuh minoritas dan itu sangat menyedihkan.

Seperti Dewa

Mengerti. Tampaknya orang-orang di dunia belum belajar dari pandemi. Alih-alih saling mencintai, mereka membunuh, melukai, dan menipu. Kebanyakan orang telah kehilangan nilai-nilai dasar koeksistensi mereka. Bagaimana kemudian untuk pulih di hadapan Allah?

Dinesh

Dalam hal ini, kita dapat mencatat bahwa karena hal-hal dunia, karena kemuliaan atau status sosial, karena siklus alami kehidupan, karena siklus evolusi, dan karena pembebasan terakhir, banyak yang hilang dalam dosa. Hal ini membuat manusia tidak pernah berkembang sepenuhnya.

Seperti Dewa

Semua hal ini bersifat sementara. Kita harus menumbuhkan kebijaksanaan, pengetahuan, budaya, kebaikan, dan amal, antara lain. Hanya dengan begitu kita akan memiliki kemajuan konkret di jalan pencerahan.

Dinesh

Tapi ini adalah konsekuensi dari kehendak bebas. Jika saya bebas, saya bisa memilih antara yang baik atau yang jahat. Jika saya lebih suka kegelapan, saya juga menderita konsekuensi. Saya kira ketika Anda tidak belajar dalam cinta, Anda belajar dari rasa sakit.

Seperti Dewa

Pilihan paling bijaksana adalah belajar dalam cinta. Untuk itu, kita harus kurang menuntut dan bertindak lebih banyak. Untuk ini, kita perlu membuang mimpi dan menempatkan orang lain di tempat yang sama. Kita harus mengubah apa yang salah dengan kita, pergi dan memilih dekat dengan siapa yang baik untuk kita. Segala sesuatu yang dilakukan dengan cinta menghasilkan energi yang lebih positif.

Dinesh

Setuju. Tapi benar-benar ada orang-orang jahat. Makhluk neraka yang tidak memberi orang lain kedamaian. Saya tidak mengerti bagaimana orang bisa membahayakan tetangga mereka. Beban hati nurani yang berat dalam tidur menghancurkan kedamaian siapa pun. Itulah neraka yang hidup di bumi.

Seperti Dewa

Itu sebabnya kita harus menunjukkan contoh kemanusiaan kita. Dengan memiliki proyek yang baik, kita dapat mendorong manusia lain untuk mengikuti jalan yang sama. Saya percaya bahwa amal harus dibagi, sehingga lebih banyak orang merasa terinspirasi untuk membantu.

Dinesh

Orang-orang hampir tidak akan membantu. Keegoisan lazim di dunia. Tetapi bagi mereka yang peka, langit lebih dekat.

Asapnya rendah. Mereka menghancurkan tempat kejadian dan keluar dari trans gila. Itu adalah refleksi yang hebat. Sekarang mereka akan pergi ke skenario berikutnya dan menjalani pengalaman baru.

Dalam skenario ketiga

Mereka berjalan beberapa langkah dan sudah dalam skenario baru. Mereka mendirikan semacam gubuk dan duduk dalam posisi meditasi. Kemudian dialog berlanjut.

Dinesh

Dia yang berjalan di jalan kebaikan, yang melakukan semua pekerjaan untuk kepentingan umat manusia, yang tidak pernah membuat kesalahan serius, disebut diberkahi. Ada beberapa jiwa dalam tingkat evolusi ini. Apa rahasia mereka? Saya percaya untuk terhubung ke kekuatan yang lebih tinggi. Dipandu oleh entitas kebaikan, mereka dapat lebih memahami takdir mereka di bumi dan menghasilkan buah.

Seperti Dewa

Sudah bertentangan dengan ini, orang-orang yang tidak memiliki buah, adalah mereka yang meringkuk dalam menghadapi kesulitan hidup. Mereka lebih suka cara yang mudah, menghancurkan daripada menambahkan. Oleh karena itu, mereka menderita di neraka spiritual. Apa yang hilang dari mereka?

Dinesh

Anda tidak memiliki iman untuk mereka. Menghadapi kesulitan, mereka lebih suka goyah daripada mengambil sikap yang berbeda. Saya minta maaf tentang mereka. Tetapi mereka akan menuai apa yang telah mereka tanam.

Seperti Dewa

Bagaimana kita bisa menaklukkan dunia?

Dinesh

Gigih dalam iman dan berjuang untuk tujuan Anda. Dengan merawat jalan yang baik, mereka akan dapat mengambil pandangan luas tentang seperti apa dunia ini dan membuat pilihan terbaik. Yang harus Anda lakukan adalah percaya pada diri sendiri.

Seperti Dewa

Apa rahasia sukses?

Dinesh

Untuk menjadi otentik. Manusia seharusnya tidak pernah menolak untuk mengakui asal-usulnya. Seseorang harus menempuh langkah-langkah kebahagiaan, harus bekerja keras untuk memanen nanti. Selalu ingat bahwa waktu Tuhan berbeda dari kita.

Seperti Dewa

Apa pendapat Anda tentang orang-orang yang berpura-pura?

Dinesh

Itu adalah kesalahan manusia yang besar. Banyak yang melakukan ini untuk melindungi diri mereka sendiri karena mereka telah banyak menderita dalam hidup mereka. Sikap ini adalah konsekuensi dari lingkungan sosial di mana ia dimasukkan. Ini membuat Anda kehilangan pengalaman sosial yang penting.

Seperti Dewa

Apa konsekuensi dari itu?

Dinesh

Mereka menghancurkan hidup mereka sendiri karena kurangnya asumsi siapa mereka sebenarnya. Ketika kita berasumsi siapa kita, kita sudah memiliki semacam kebahagiaan. Bahkan jika dunia bertentangan dengan aturan kita, kita bisa bahagia pada tingkat individu. Tidak ada yang salah dengan memiliki aturan sendiri.

Seperti Dewa

Itulah sebabnya kami memiliki pepatah: Hidup saya, aturan saya. Kita tidak boleh membiarkan masyarakat ikut campur dalam kebebasan individu kita. Kita harus memiliki kebebasan berbicara dan perbuatan selama itu tidak merugikan tetangga kita.

Sesi sudah berakhir. Ritual itu dibatalkan, dan mereka merasa lebih lengkap. Sudah ada kemajuan yang luar biasa, tetapi mereka ingin membuat lebih banyak kemajuan. Tujuannya adalah untuk berbagi ide.

Dalam skenario keempat

Api menyala. Keduanya membuat lingkaran cahaya di sekitar api dan mulai menari. Akumulasi energi dari keduanya menyebabkan ledakan dan mereka mengalami kesurupan.

Dinesh

Api adalah elemen primordial dalam hidup kita. Ini adalah elemen penyusun jiwa, tubuh, dan sihir alami. Melalui dialah kita dapat memanipulasi situasi dan takdir. Api memurnikan dan memuliakan prajurit.

Seperti Dewa

Tapi itu juga sesuatu yang menyakitkan dan menghancurkan. Kita harus berhati-hati dalam manipulasinya sehingga kita tidak terluka. Kita perlu bersekutu dengan kekuatan api untuk membangun situasi yang bermanfaat. Jadi, kita harus melakukan hal yang sama dalam cobaan hidup. Kita perlu berjuang lebih sedikit dan datang bersama-sama lebih banyak. Kita harus memaafkan dan melanjutkan. Kita harus melampaui dan menyerap hal-hal yang baik. Itu semua layak ketika jiwa tidak berkurang.

Dinesh

Kita perlu menyalurkan kekuatan api. Untuk ini kita harus berpikir positif tindakan mereka di masing-masing situasi risiko. Bersekutu dengan niat baik kita, kita dapat melepaskan karunia batin kita dan mengubah takdir kita. Kita dapat dan harus bertindak dalam setiap situasi kehidupan kita, kita harus menjadi protagonis dalam sejarah kita sendiri.

Seperti Dewa

Kebenaran. Penyaluran ini akan menunjukkan kepada kita siapa kita dan apa yang kita inginkan. Mengetahui dengan tepat apa yang kita inginkan, kita dapat menyusun strategi yang menarik dan langgeng. Ketika ada perencanaan yang baik, kemungkinan kegagalan menurun secara signifikan.

Dinesh

Selain itu, mereka yang mengendalikan kekuatan api menangkal ketidaktahuan. Karena siapa pun yang ahli dalam api, memiliki kendali atas dirinya sendiri, adalah pekerja keras dalam tujuannya, mereka memenuhi tugas dan kewajiban mereka. Dia yang berevolusi sedemikian rupa untuk membenci cacat dan memuji kualitas mereka disebut menyiksa.

Seperti Dewa

Ketidaktahuan seperti itu adalah masalah besar. Banyak yang terbawa olehnya dan menghancurkan rumah dan situasi. Kita perlu mengatasi perbedaan, mengatur rutinitas kita sedemikian rupa sehingga kita dapat mengalami strategi kemenangan kita dan menuai buah dari perkebunan kita. Jika buahnya baik, itu menyenangkan Allah.

Dinesh

Ini membawa kita pada makna hidup. Keberadaan adalah jalinan situasi yang kondusif untuk pencapaian. Kita perlu mengatur seluruh strategi kita sehingga kita dapat membuat koneksi dengan makhluk hidup lainnya untuk mengembangkan kebijaksanaan kita, kesadaran kita, iman kita, kebebasan kita sendiri, dan energi vital. Kita harus berada di dunia untuk hidup dengan baik dan semakin meningkat.

Seperti Dewa

Oleh karena itu datang tindakan kehendak bebas kita. Kita mungkin memiliki masa depan yang bermanfaat, tetapi kita tidak selalu bersedia mengorbankan diri kita untuk itu. Ini melibatkan pengiriman, memberi, refleksi, harmoni, berpikir positif, disposisi dan argumen. Hal ini diperlukan untuk membangkitkan rasa superior kita dan dengan itu mengubah hubungan. Penting, pertama-tama, untuk menjadi benteng.

Keheningan yang memalukan tergantung di antara keduanya dan ritual dibatalkan. Kebenaran besar akan muncul ke depan dalam pengalaman-pengalaman penting yang singkat ini. Lebih dari hidup, Anda harus bereksperimen dan berkembang. Untuk ini, mereka meninggalkan situs dan pergi ke skenario berikutnya.

Dalam skenario kelima

Mereka merapikan lingkungan dari skenario kelima. Mereka menempatkan patung orang-orang kudus, tirai yang dirancang dengan baik dan berbunga-bunga, dupa dengan parfum langka dan belati suci. Dengan belati, mereka membuat risiko di tanah dan asap naik. Mereka masuk ke ekstasi spiritual.

Dinesh

Apa yang Anda katakan tentang kekayaan? Saya menemukan pencarian uang ini sangat cepat berlalu. Orang menghancurkan orang lain, menggunakan sifat buruk untuk menyakiti orang lain, tindakan jahat tidak dibenarkan oleh tujuan. Kita perlu memutus rantai pentingnya uang ini, kita perlu menghargai apa yang benar-benar penting: amal, rasa hormat, cinta, persahabatan, toleransi di antara hal-hal penting lainnya.

Seperti Dewa

Uang itu penting, tetapi sama sekali bukan segalanya. Kita dapat memiliki uang dan memiliki amal. Apa yang mendefinisikan seseorang bukanlah daya beli mereka. Orang-orang ditentukan oleh sikap dan pekerjaan mereka. Inilah yang tetap menjadi warisan abadi.

Dinesh

Setuju. Untuk merasakan rasa dunia, kita membutuhkan uang. Untuk hampir semua hal, kami membutuhkan dukungan material ini. Jadi itu menjelaskan pencarian uang gila ini. Tapi itu seharusnya tidak menjadi satu-satunya hal yang penting. Kita harus memiliki perspektif baru tentang kehidupan.

Seperti Dewa

Menghasilkan uang tidak berarti kurangnya karakter. Ada orang-orang yang benar-benar sukses. Itu seharusnya tidak menjadi parameter untuk penilaian kita. Tetapi kita perlu berdiri dan posisi diri kita dalam hal-hal yang diperlukan dalam hidup. Kita harus selalu efektif dalam kehidupan orang lain. Kita perlu menyingkirkan hal-hal yang tidak murni untuk menjadi bahagia.

Dinesh

Adapun masalah donasi, saya menganalisis bahwa menyumbang lebih penting daripada menerima. Sumbangan menggoda dalam pikiran kita sensasi yang diperlukan untuk evolusi roh kita. Dan siapa pun yang menerima sumbangan memiliki kebutuhan mereka terpenuhi. Ini adalah perasaan ganda yang baik.

Seperti Dewa

Satu-satunya masalah adalah pengemis palsu. Banyak dari mereka sudah pensiun dan terus meminta sedekah. Saya telah melihat laporan dari banyak dari mereka yang mengatakan mereka tidak ingin bekerja karena mereka mendapatkan lebih banyak dari selebaran. Ini disebut perdagangan curang atau penipuan.

Dinesh

Itu banyak terjadi. Kita harus sangat berhati-hati tentang hal ini. Ada serigala dalam pakaian domba. Kita harus berhati-hati agar tidak tertipu.

Seperti Dewa

Bahwa mereka yang menerima sumbangan jujur tidak menyimpannya. Untuk menikmati makanan atau benda sesuai dengan kapasitasnya. Jika mereka dibayar terlalu banyak, mereka juga melakukannya. Dunia membutuhkan persatuan solidaritas ini.

Dinesh

Semoga Tuhan selalu memberkati kita. Semoga Tuhan menjaga kita dalam kekayaan atau kemiskinan, Tuhan menjaga kita dalam badai kehidupan, Tuhan melarang penyakit dan wabah menular. Sesungguhnya Allah melarang segala kejahatan.

Seperti Dewa

Bagaimana kita harus menikmati kenikmatan hidup?

Dinesh

Kita harus menikmati kesenangan hidup dalam ekspresi terbaiknya. Kita tidak bisa menolak apa pun karena kita tidak tahu besok. Mereka yang menolak untuk mengambil keuntungan dari kesenangan hidup dengan tulus bertobat. Kita juga harus menyelidiki misteri keberadaan. Kita perlu menggunakan karunia rohani kita dan menghasilkan buah. Hanya dengan begitu kita akan memiliki kehidupan yang penuh.

Seperti Dewa

Ya, siklus Buddhis. memberi kita itu. Ini membebaskan kita dari arus tak terlihat yang mengikat kita pada getaran rendah. Mengetahui cara mengendalikan siklus hidup kita, kita dapat membuat kemajuan spiritual yang luar biasa.

Dinesh

Benar, mereka adalah siklus alternatif. Dengan menikmati kesenangan dan melepaskan hal-hal duniawi, kita dapat menumbuhkan siklus ini. Ini menciptakan jalinan hal-hal yang bersama dengan iman menghasilkan situasi yang tidak terduga. Itu adalah pemikiran yang baik tentang orang bijak.

Mereka keluar dari trans, turun dari lokasi menembak dan pergi ke departemen berikutnya. Pelatihan itu menyebabkan mereka semakin tumbuh.

Dalam skenario keenam

Upacara ritual disiapkan dengan bir, lukisan Renaisans, dan pakaian dalam yang kotor. Menyalakan cahaya bercahaya di sekitar mereka, mereka membuat dupa cepat untuk bisa kesurupan. Dalam pikiran mereka, mereka memvisualisasikan masa lalu, masa lalu dan masa depan sebagai burung cepat. Sementara itu, mereka berbicara satu sama lain.

Dinesh

Di dunia, ada yang hidup dan yang mati. Tetapi mereka semua adalah komponen penting dalam pembentukan alam semesta. Masing-masing dengan fungsinya, kita adalah agen sejarah dari waktu ke waktu. Cerita ini sedang ditulis sekarang oleh kita masing-masing. Ini bisa menjadi cerita sedih atau cerita yang indah. Yang penting adalah kontribusi aktif yang kita masing-masing buat untuk alam semesta.

Seperti Dewa

Saya merasakan bagian integral dari itu dengan cara yang unik. Disebut putra Tuhan oleh entitas, saya dapat memahami rahasia paling gelap dari alam semesta. Melalui pengalaman yang membuat frustrasi dan menyakitkan, saya dapat berevolusi secara spiritual dan menjadi ahli kebijaksanaan. Saya tumbuh melalui usaha saya sendiri. Saya telah mengembangkan bakat saya seperti yang direkomendasikan Alkitab. Aku tidak bersembunyi dari dunia. Saya mengambil identitas saya dan menghadapi kekuatan yang berlawanan. Mereka adalah orang-orang yang mengutuk saya ke neraka karena mendukung yang terpinggirkan oleh masyarakat, orang-orang terlantar yang membutuhkan saya untuk memiliki harapan representasi. Saya adalah suara orang-orang yang dikecualikan. Aku adalah Tuhan mereka. Menyadari peran ini dalam masyarakat sangat penting untuk karier menulis saya. Menyadari hal ini, semuanya lebih masuk akal bagi saya. Kita tidak sendirian di dunia. Kita kuat dan dapat memiliki tempat kita di dunia bahkan jika fanatisme agama mengutuk kita.

Dinesh

Seperti yang Anda katakan, kami tidak sendirian. United, kita bisa memiliki kekuatan untuk bereaksi melawan lawan. Kami tidak ingin perang dalam keadaan. Kami ingin dialog dan penerimaan. Kami ingin hak-hak kami dihormati karena kami berhak untuk itu. Tidak ada lagi membunuh dan menguntit. Kita membutuhkan kedamaian di dunia ini yang dihantui oleh virus. Tahukah Anda mengapa virus itu masuk ke dunia? Karena dosa manusia. Kita semua berada dalam dosa. Hanya karena Anda adalah pengikut agama tidak berarti Anda tidak memiliki dosa. Jadi jangan pernah menilai yang berikutnya. Lihatlah kesalahan Anda terlebih dahulu dan lihat betapa cacatnya Anda.

Seperti Dewa

Dengan ini, kami tiba di siklus Buddhis. Evolusi Anda hanya akan terjadi ketika ada toleransi dan cinta di hati Anda. Kita perlu menempatkan diri kita pada posisi masing-masing, memaafkan dan tidak menghakimi. Kita harus menghentikan fanatisme agama. Kita harus mengikuti Tuhan, bukan agama. Ini adalah dua hal yang sama sekali berbeda.

Dinesh

Kebenaran. Ini digunakan sebagai argumen agama yang banyak melakukan kejahatan. Atas nama uang, banyak yang kehilangan keselamatan mereka. Mereka adalah perang tak terlihat yang masing-masing mengibaskan dalam dirinya sendiri.

Seperti Dewa

Itulah sebabnya kita harus selalu memiliki nilai-nilai etika yang baik dalam semua contoh kehidupan. Kita seharusnya tidak membunuh hewan untuk olahraga atau ritual keagamaan. Kita harus menjaga kehidupan dalam kelimpahan.

Dinesh

Ini adalah tindakan berdosa. Manusia berperilaku seperti penguasa alam semesta, tetapi sebenarnya itu adalah titik kecil yang ada. Bahkan planet kita yang raksasa bagi kita adalah titik kecil di alam semesta. Jadi, mari kita kurang bangga dan lebih sederhana.

Ritual sudah berakhir. Masing-masing mengumpulkan barang-barang pribadinya dan akan beristirahat. Ini akan menjadi tidur malam pertama pada hari yang begitu sibuk. Namun, masih ada perjalanan panjang yang harus dilalui.

Dalam skenario ketujuh

Fajar. Geng bangkit, menyikat gigi, mandi, dan makan sarapan. Setelah itu, mereka siap untuk memulai kembali pembelajaran spiritual. Itu adalah jalan yang indah, terbuat dari pertemuan dan penemuan. Jalan kejujuran, dedikasi, dan sukacita.

Ini adalah petualangan besar si pemimpi kecil, seseorang yang selalu percaya pada dirinya sendiri. Bahkan dalam menghadapi kesulitan besar yang dipaksakan oleh kehidupan, dia tidak pernah berpikir untuk meninggalkan seninya. Dia selalu memimpikan pengakuan sastranya dan setiap hari semakin dekat. Dia hanya senang atas semua rahmat yang dicapai.

Pasangan ini bertemu dalam skenario ketujuh. Mereka mental untuk masuk ke trans dan ketika mereka melakukannya, mereka mulai mengoceh.

Dinesh

Panduan besar kami adalah pengetahuan. Dengan bantuan ini, kita benar-benar dapat menaklukkan barang-barang kita dan memiliki kebebasan yang lebih besar yang diperoleh. Pengetahuan mengubah hidup kita dan menemani kita sepanjang hidup kita. Kita bisa kehilangan pekerjaan kita, kita bisa kehilangan cinta romantis kita yang besar, kita bisa kehilangan uang kita. Namun, pengetahuan kita membawa kita pada kemenangan dan pengakuan.

Seperti Dewa

Itu sebabnya saya berada di jalur petualangan ini. Ini adalah jalan yang menyenangkan yang menuntun saya untuk mempelajari beberapa hal. Saya merasa seperti saya tumbuh setiap saat dengan setiap rintangan diatasi. Hari ini saya benar-benar pria yang bahagia dan puas.

Dinesh

Ini adalah jalan evolusi sejati yang harus kita ikuti. Untuk mencapai evolusi tertinggi, kita harus menyingkirkan setiap perasaan negatif yang mengisi pikiran kita. Kita perlu terlibat dalam membantu orang lain tanpa mengharapkan pembalasan. Dengan membuat tindakan sehari-hari kita dapat terhubung ke kekuatan alam semesta yang lebih besar. Dengan begitu, hidup kita akan lebih masuk akal dan menjadi lengkap.

Seperti Dewa

Kebenaran. Apa yang menghancurkan manusia adalah kepura-puraan. Hal ini ingin menjadi apa yang Anda tidak, untuk memainkan peran yang baik dalam masyarakat. Orang-orang ini menjalani karakter sehari-hari, tetapi mereka tidak bahagia. Ketika kita tidak hidup keaslian kita, kita kehilangan bagian dari diri kita sendiri.

Dinesh

Tetapi banyak yang tidak melihatnya. Mereka lebih suka menjalani dongeng ini dan memiliki rasa penerimaan itu. Saya bahkan mengerti sudut pandang mereka. Kita hidup dalam masyarakat yang munafik dan keengganan untuk orientasi seksual. Kita hidup dalam masyarakat yang membunuh karena prasangka. Lalu mengapa saya harus mempertaruhkan hidup saya sendiri? Bukankah lebih baik jika saya menjalani kehidupan ganda dan bahagia? Saya benar-benar tidak memaafkan orang-orang ini.

Seperti Dewa

Ini adalah buah dari militansi agama. Sekte-sekte ini menempatkan kita dalam aturan yang bahkan tidak mereka patuhi. Itulah yang menghancurkan kebahagiaan kita. Tapi aku mematahkan paradigma itu. Saya memilih untuk bebas dan membuat aturan sendiri. Jadi, saya merasa benar-benar bahagia.

Kalian berdua senang. Mereka adalah dekade penderitaan dan pengasingan agama. Setiap orang di sana memiliki ceritanya sendiri. Tidak ada yang mudah. Hanya secara bertahap mereka menemukan kesenangan hidup yang sebenarnya. Itu adalah pencapaian yang fantastis.

Sesaat kemudian, mereka menyelesaikan ritual dan menuju ke skenario berikutnya. Ada banyak hal yang harus dicoba.

Dalam skenario kedelapan

Dalam skenario baru, mereka benar-benar santai. Diremajakan oleh pengalaman baru, mereka berusaha untuk memahami sedikit lebih banyak tentang alam semesta dan diri mereka sendiri. Proses pengetahuan ini sangat penting untuk elaborasi strategi baru.

Sebuah ritual baru dimulai. Mereka membuat kotak ajaib dan menempatkan diri mereka di tengahnya.

Dinesh

Tentang masalah upaya dan pekerjaan kami. Untuk bisa menonjol, kita harus memprioritaskan kualitas pekerjaan kita. Pekerjaan yang dilakukan dengan baik memulai pujian. Sebuah karya dengan nilai-nilai seperti kejujuran, martabat, amal, dan toleransi dipuji secara luas. Oleh karena itu kita harus membuat perbedaan itu di dunia.

Seperti Dewa

Setuju. Mari kita lihat contoh saya. Saya seorang pekerja muda, saya memiliki sisi artistik saya, saya amal, saya mendukung keluarga, saya berjuang untuk impian saya. Tetapi di sisi lain, orang lain egois, picik dan tidak saling membantu. Itulah sebabnya dunia tidak berkembang. Kita membutuhkan lebih banyak tindakan dan lebih sedikit janji.

Dinesh

Anda adalah contoh. Bahkan dengan semua tanggung jawab yang Anda miliki, Anda tidak pernah menyerah pada impian Anda. Anda adalah orang yang sangat manusiawi yang harus menjadi model bagi orang lain. Kita harus untuk menunjukkan itu. Untuk memiliki detasemen dari hal-hal materi, untuk memiliki lebih banyak sukacita dalam hal-hal sederhana, untuk meminta lebih sedikit dan bertindak lebih banyak. Menjadi ahli dalam cerita Anda sangat penting untuk membangun identitas Anda sendiri.

Seperti Dewa

Ini bermuara pada menjadi kurang materialistis dan lebih praktis. Kita harus memiliki sikap yang berbeda terhadap kehidupan. Hargai apa yang benar-benar penting.

Dinesh

Tapi kemudian muncul pertanyaan tentang kehendak bebas. Manusia bukanlah robot. Mereka memiliki hak untuk memilih jalan yang terbaik bagi mereka. Kita tidak bisa membuat aturan untuk siapa pun. Jadi, saya pikir dunia akan melanjutkan dengan penyakitnya. Lebih mudah memilih yang jahat daripada yang baik.

Seperti Dewa

Sama sekali. Peran kita hanya untuk membimbing. Tidak ada yang berkewajiban untuk melakukan apa pun. Kebebasan itu membawa kita ke nirwana. Kebebasan itu adalah merek kita sendiri. Kita selalu harus menghargai itu.

Dinesh

Kebenaran. Kita harus membangun saat-saat itu dalam hidup. Kita harus terhubung dengan orang lain, berbagi pengalaman, menyerap hal-hal baru, dan mengecualikan hal-hal lama yang tidak lagi menambah apa pun dalam hidup kita. Ini adalah prinsip regenerasi kehidupan.

Seperti Dewa

Dengan regenerasi ini, kami mampu penerbangan yang lebih tinggi. Kita bisa memaafkan diri kita sendiri, melanjutkan dan membangun situasi baru. Kita dapat mengubah pikiran kita dan melihat orang lain dari perspektif yang berbeda. Kita dapat memiliki lebih banyak kepercayaan pada kemanusiaan di masa-masa sulit ini. Kita bisa mencoba lagi untuk bahagia.

Percakapan terputus. Ada sedikit rasa keanehan di udara. Pikiran mereka berputar seperti burung yang tidak seimbang. Ada banyak sekali perasaan, sensasi, kegembiraan, peremajaan, kemuliaan, harmoni, kesenangan, dan kesepian. Kita harus memperhatikan tanda-tanda yang diberikan kehidupan kepada kita. Anda harus percaya pada kemampuan Anda dengan harapan mengubah dunia. Butuh lebih dari yang mereka harapkan. Jadi, ritual berakhir dengan mereka memutuskan untuk menyelesaikan pekerjaan. Mereka tahu waktu yang tepat untuk menyerah.

Petani kaya dan wanita muda yang rendah hati selamat jalan

Cimbres, 2 Januari 1953

Rose adalah seorang wanita muda yang rendah hati berusia sekitar delapan belas tahun. Dia adalah gadis yang paling cantik dan diinginkan di wilayah ini. Aku bertunangan dengan Peter, cintamu yang besar. Hanya situasi keuangan keluarga Anda yang tidak baik. Itu adalah periode kekeringan besar, dan semua orang menderita tanpa investasi pemerintah. Jutaan orang berjuang untuk bertahan hidup dan kekurangan makanan dan air.

Saat itulah ada pertemuan dengan keluarga pengantin wanita untuk menangani masalah tertentu. Rose, Onofre (ayah Rose), Magdalena (ibu Rose), dan Peter (tunangan Rose) berada di pertemuan itu.

Onofre

Mengapa Anda mengatur pertemuan ini? Apakah Anda merencanakan sesuatu?

Petrus

Saya ingin mengomunikasikan sebuah keputusan. Saya mendapat pekerjaan di Sao Paulo, dan saya harus berubah. Ketika saya kembali, saya akan mengatur pernikahan.

Onofre

OKE. Selama kau menghormati putriku. Kita tahu bahwa jarak menghalangi kehidupan pasangan.

Petrus

Mengerti. Untuk bagian saya, saya akan menjaga kesepakatan. Saya akan bekerja untuk mendapatkan uang untuk menikah. Bukankah itu hebat, cintaku?

Mawar

Ini akan menjadi besar. Kita membutuhkan itu. Bagian yang buruk adalah, aku akan sangat merindukanmu. Aku sangat mencintaimu, cintaku. Perasaan kita benar. Kita tidak bisa melewatkan ini, oke?

Petrus

Aku berjanji tidak akan melupakannya. Saya berkorespondensi dengan surat, oke?

Mawar

Saya akan menantikannya.

Magdalena

Semua keberuntungan untuk kalian berdua. Tapi apakah itu akan berhasil?

Petrus

Percayalah padaku dalam hal ini. Saya akan mencoba untuk kembali sesegera mungkin. Tetaplah damai dan bersama Allah.

Mereka berpelukan. Itu adalah kontak fisik terakhir sebelum perjalanan. Banyak pikiran mengalir melalui pikiran prajurit itu. Dia mencoba untuk tenang dalam lingkungan ketidakpastian. Tapi dia benar-benar bertekad untuk pindah dan mencoba peruntungannya. Setelah Anda mengucapkan selamat tinggal, anak itu akan naik bus. Tujuannya adalah tenggara negara yang memiliki situasi ekonomi yang lebih baik.

Bekerja di bar

Itu adalah malam pesta di bar di distrik Cimbres. Mereka merayakan pernikahan salah satu pria paling penting di desa. Untuk menghasilkan uang, Rose bekerja sebagai pelayan.

Saat itulah seorang pria kulit hitam memanggilnya.

Garcia

Tolong, nona, bawakan aku bir dan panggang lagi.

Mawar

Baiklah, Pak. Saya di sini untuk melayani Anda.

Garcia

Terima kasih. Tapi apa yang membuat wanita muda yang begitu cantik bekerja seperti itu?

Mawar

Aku harus bekerja untuk membantu orang tuaku. Tunangan saya berangkat ke São Paulo, dan saya sendirian.

Garcia

Dia adalah orang bodoh yang besar. Anda meninggalkan gadis sendirian? Dengar, apakah Anda ingin mengantar saya ke peternakan saya? Saya merasa sangat sedih di peternakan itu. Saya tidak punya siapa-siapa untuk diajak bicara.

Mawar

Aku tidak bisa melakukan itu. Aku punya janji dengan tunanganku. Jika saya melakukan itu, saya akan merusak reputasi saya di hadapan masyarakat.

Garcia

Mengerti. Aku tidak akan membohongimu. Saya sudah menikah, tetapi istri saya berada di ibu kota. Pernikahanku dengannya tidak berjalan dengan baik. Aku bersumpah padamu, jika kamu mau menerimaku, aku akan meninggalkanmu dan menikahimu. Aku sedang serius.

Mawar

Pak, saya punya prinsip. Saya seorang wanita terhormat. Tinggalkan aku sendirian, oke?

Garcia

Saya mengerti. Tetapi karena Anda membutuhkan pekerjaan, saya mengundang Anda untuk membersihkan di peternakan saya. Sejumlah uang akan membantu Anda, bukan?

Mawar

Itulah kebenarannya. Saya menerima proposal Anda. Sekarang saya harus melihat klien lain.

Garcia

Kau bisa pergi dengan damai, Sayang.

Rose berjalan pergi dan petani itu terus mengawasinya. Itu adalah cinta pada pandangan pertama dengan cara yang tidak dia duga. Bahkan jika itu bertentangan dengan konvensi sosial saat itu, dia akan melakukan apa saja untuk memenuhi keinginannya. Saya akan menggunakan kekuatan finansial Anda untuk keuntungan Anda.

Nasehat

Setelah petani itu pergi, seorang rekan kerja memanggil Rose untuk berbicara. Tampaknya orang ini telah memperhatikan situasinya.

Andrea

Apa petani yang cantik, kan, wanita? Apa yang salah? Apakah Anda akan memberinya kesempatan?

Mawar

Apakah Anda gila, wanita? Apakah Anda tidak tahu saya punya janji?

Andrea

Berhenti bermain-main. Pria ini sangat kaya dan berkuasa. Jika Anda menikah dengannya, Anda tidak akan pernah tahu apa itu kesengsaraan lagi. Anda tidak perlu bekerja di bar ini lagi. Pikirkan tentang hal itu. Ini adalah satu-satunya kesempatan Anda untuk mengubah hidup Anda.

Mawar

Tapi aku mencintai tunanganku. Bagaimana aku bisa mengkhianatimu seperti ini?

Andrea

Cinta tidak membunuh rasa lapar Anda. Pikirkan pertama-tama tentang diri Anda, keamanan finansial Anda. Seiring waktu, Anda akan belajar untuk menyukai petani. Dan yang terbaik dari semuanya, Anda akan memiliki kehidupan yang aman secara finansial. Jika saya, adalah Anda, saya tidak akan berpikir dua kali dan menerima tawaran itu.

Rose berpikir. Pada pemikiran kedua, kolega Anda tidak sepenuhnya salah. Masa depan apa yang akan Anda miliki di samping orang miskin? Dan bagian terburuknya adalah, dia terlalu jauh. Di sisi lain, orang tuanya terhubung secara rumit dengan aturan sosial. Tidak akan mudah untuk mengambil cinta seperti itu.

Mawar

Terima kasih atas sarannya. Aku akan memikirkan semua yang kau katakan.

Andrea

Baiklah, temanku. Anda mendapat dukungan penuh saya.

Mereka berdua kembali bekerja. Ini adalah hari yang sibuk penuh dengan pelanggan. Pada akhirnya, Rose mengucapkan selamat tinggal dan pulang. Dia akan memikirkan semua yang telah terjadi padanya.

Makan malam keluarga

Bekerja di pertanian

Rose tiba di depan rumah pertanian besar. Itu adalah bangunan yang mengesankan, panjang dan lebar panjang. Pada saat itu, kesedihan mengisi hidup Anda. Apa yang akan terjadi? Apa niat yang akan dimiliki bos Anda? Apakah dia benar-benar akan menjadi orang yang baik? Pikirannya penuh dengan pikiran yang tidak terjawab. Mengumpulkan keberanian, dia maju ke pintu, membunyikan bel, dan berharap untuk dijawab.

Pembersih rumah

Apa yang Anda inginkan, Bu?

Mawar

Saya datang untuk melakukan pekerjaan untuk pemilik rumah. Bisakah aku masuk?

Pembersih rumah

Tentu saja, saya lakukan. Aku akan pergi bersamanya.

Mereka berdua memasuki rumah dan pergi ke ruang utama. Di dalamnya, petani kaya itu sudah menunggu.

Garcia

Sungguh menyenangkan melihat Mawar tersayang kita! Saya telah menunggu dengan cemas. Bagaimana kabarmu, kekasihku?

Mawar

Aku datang bekerja. Aku baik-baik saja. Terima kasih sudah peduli.

Garcia

Alzira, pergi berbelanja di kota dan butuh waktu lama di sana. Kembali saja malam ini.

Alzira

Aku akan pergi, bos. Pesanan Anda selalu terpenuhi.

Rose mengambil sapu dan kain untuk membersihkan rumah. Dia mulai membuat gerakan panik dalam kerja kerasnya. Tapi tak lama kemudian petani itu mendekat. Dia mengambil peralatan kerjanya dan menyimpannya. Rose bergidik, tetapi dia juga merindukan saat itu. Dengan lembut, bosnya membawanya ke pangkuannya dan membawanya ke kamarnya. Ritual cinta dimulai, dan dia bersedia mengambil keperawanannya. Rose melupakan segalanya dan memberi dirinya gairah itu. Mereka masuk ke semacam trans hipnosis. Satu-satunya hal yang membuatnya tertarik adalah kesenangan.

Itu adalah hari hubungan antara keduanya dan banyak cinta. Semua konsep sebelumnya telah jatuh. Mereka tidak takut. Mereka berada dalam gairah yang luar biasa.

Garcia

Aku ingin hubungan yang bermakna denganmu. Saya bersedia meninggalkan istri saya. Hari-hari ini, aku dan dia hanya berteman. Percayalah, aku benar-benar menyukaimu.

Mawar

Aku akui, aku juga tertarik padamu. Saya benar-benar ingin mengambil hubungan ini. Tapi bagaimana kita akan melakukannya? Keluarga saya tidak akan menyetujui.

Garcia

Kau bisa menyerahkannya padaku. Saya akan mengurus semua penipuan. Akhiri hubungan dengan tunanganmu dan aku akan mengurus sisanya.

Mawar

Baiklah. Saya sangat mencintai hari kami. Saya harus pergi sekarang sehingga orang lain tidak curiga.

Garcia

Pergilah dengan damai, cintaku. Aku akan segera menemuimu. Aku juga harus bekerja sekarang.

Dua bagian dengan hubungan konsolidasi. Apa yang tampaknya mustahil telah menjadi kenyataan. Mari kita lanjutkan dengan narasi.

Reuni keluarga

Petani itu benar-benar berniat menjalin hubungan dengan Rose. Untuk mengkonsolidasikan hubungan, ia mengusulkan pertemuan dengan keluarga untuk membahas masalah-masalah tertentu.

Garcia

Saya di sini pada pertemuan ini dengan tujuan mengumumkan hubungan saya dengan Rose. Saya ingin izin Anda untuk mencapai tujuan itu.

Onofre

Anda adalah pria yang sudah menikah. Tidak menyenangkan di mata masyarakat bahwa seorang putri terhormat terlibat dengan pria yang sudah menikah.

Mawar

Tapi kami saling mencintai, Ayah. Saya sudah mengakhiri pertunangan saya dan dia benar-benar terpisah dari istrinya. Apa lagi yang Anda inginkan?

Onofre

Aku ingin kau membuat malu. Saya ingin Anda berperilaku seperti wanita yang terhormat. Kau pantas mendapatkan lebih banyak lagi. Anda adalah seorang wanita muda yang luar biasa berharga.

Mawar

Saya seorang wanita yang hebat. Tapi aku jatuh cinta dengan pria yang luar biasa. Aku benar-benar mencintainya. Bagaimana menurutmu, Bu?

Magdalena

Maafkan aku, anakku. Tapi saya setuju dengan suami saya. Anda harus menjaga reputasi Anda. Lupakan pria ini dan dapatkan satu orang.

Mawar

Saya merasa sedih memiliki orang tua tradisional seperti itu. Saya tidak menerima.

Garcia

Aku mengerti sudut pandangmu. Tapi saya pikir mereka salah. Saya masih akan menunjukkan nilai saya. Ini bukan akhir. Aku masih percaya pada kebahagiaan kita, cintaku.

Mawar

Aku juga percaya. Saya masih akan meyakinkan Anda bahwa Anda salah.

Onofre

Saya tidak dapat direduksi. Kau bisa pergi. Anda sudah memiliki jawaban Anda.

Henriques pergi tampak tidak puas. Upaya konsiliasinya telah gagal. Kegagalan benar-benar menggerakkannya. Tapi itu adalah sesuatu untuk mencerminkan dan merencanakan strategi baru. Selama ada kehidupan, ada harapan.

Pengantin pria dihormati

Situasi pacar sangat mengerikan. Dilarang bertemu, mereka terlalu menderita karena kesalahpahaman keluarga. Hari-hari mereka gelap dan menyedihkan. Mengapa kita harus mengikuti aturan hubungan kuno seperti itu? Mengapa kita tidak bisa bebas dan memenuhi keinginan kita? Ini adalah pemikiran keduanya bahkan dalam menghadapi begitu banyak rintangan.

Itu berpikir agar petani memutuskan untuk bertindak. Dia menulis surat, banyak menangis, dan menyewa pembawa surat. Karyawan pergi untuk melakukan pekerjaan itu. Tak lama kemudian, aku menghadap rumah Rose. Dia bertepuk tangan dan menunggu untuk ditangani. Seseorang di dalam rumah muncul.

Pekerja pos

Apakah Anda Rose? Aku punya surat untukmu.

Mawar

Ya. Terima kasih banyak.

Mengambil surat itu, wanita muda itu kembali ke rumah tempat dia mengunci diri di kamar. Dengan air mata berlinang, dia mulai membaca teksnya.

Cimbres, 5 Desember 1953

Halo, Rose. Saya menulis untuk mengungkapkan kemarahan saya kepada keluarga Anda bahwa mereka telah melarang hubungan kami. Aku merasa sangat sedih tentang hal itu, aku benar-benar mencintaimu.

Aku ingin membangun keluarga bersamamu. Aku ingin mengeluarkanmu dari kesengsaraan finansialmu.

Saya tidak berpikir hidup itu adil bagi kami. Aku ingin tahu apakah akan ada jalan keluar lain untuk kita. Apakah Anda ingin memberikan cinta kita kesempatan kedua? Apakah Anda punya nyali untuk mengasumsikan itu? Karena jika Anda ingin, saya bersumpah kepada Anda, saya akan melarikan diri dari Anda ke suatu tempat yang jauh sampai keadaan menjadi lebih baik. Tetapi Anda harus menganalisisnya dengan dingin dan tahu apa yang paling penting. Jika jawaban Anda adalah ya, Anda bisa datang ke sini ke peternakan, dan semuanya siap untuk perjalanan kami. Aku mengharapkanmu hari ini.

Dengan kasih sayang, Henriques Garcia

Rose tetap statis. Sungguh proposal yang luar biasa dan berani. Pada saat ini, angin puyuh emosi melewati pikiran Anda. Sudah cukup waktu baginya untuk merenung dan membuat keputusan akhir. Orang tuanya telah berangkat kerja dan mengambil kesempatan untuk menulis surat yang menjelaskan keputusannya. Kemudian dia mengemasi tasnya dengan barang-barang penting dan pergi. Ini seperti pepatah, "Kami bebas."

Rose menyewa kereta dalam perjalanan keluar rumah dan gemetar karena cemas. Saya merasakan banyak emosi pada saat yang sama. Itu bukan keputusan yang mudah. Dia meninggalkan hubungan keluarga yang terkonsolidasi untuk mengambil risiko masuk ke dalam hubungan cinta. Apa yang akan membuatnya memutuskan itu? Tidak diketahui pasti. Tetapi faktor keuangan yang bersekutu dengan pria berpendidikan besar bahwa petani itu mungkin adalah alasan bagus baginya untuk memulai petualangan yang berani ini. Apakah itu layak? Hanya waktu yang akan memiliki jawaban atas pertanyaan itu. Saat ini, dia hanya ingin memanfaatkan kebebasan itu untuk mencoba bahagia.

Saat kendaraan melaju, dia sudah bisa mencoba menyeka air matanya. Dia harus sangat kuat untuk menanggung konsekuensi dari pilihan itu. Di antara konsekuensi ini adalah kritik terhadap masyarakat dan penganiayaan keluarga. Tapi siapa bilang dia peduli? Jika kita memikirkan pendapat orang lain, kita tidak akan pernah memiliki otonomi untuk mengarahkan hidup kita sendiri. Kami tidak akan pernah menulis cerita kami dalam ketakutan. Begitulah cara keamanan pribadi tertentu meyakinkannya banyak hal.

Kereta tiba di peternakan, dia membayar pengemudi dan keluar dari kendaraan. Setelah mendengar suara di luar, pasangannya datang menemuinya. Itu benar-benar sudah siap. Keduanya masuk ke kendaraan lain dan memulai perjalanan. Menuju kebahagiaan, Insya Allah.

Perjalanan

Memulai perjalanan di jalan tanah yang menghubungkan Cimbres ke kota Rio Branco. Cuaca hangat, jalan sepi, dan mereka berada pada kecepatan tinggi. Kembali, semuanya adalah keluarga, teman, dan kenangan. Di masa depan, hubungan keduanya divisualisasikan sampai kemudian dilarang oleh masyarakat.

Garcia

Bagaimana perasaanmu, kekasihku? Apakah Anda membutuhkan sesuatu?

Mawar

Saya merasa baik. Berada di sini bersamamu menghiburku. Saya bukan anak kecil yang merasa begitu menyesal lagi. Tiba-tiba, urutan gambar melewati pikiran saya. Berada di sini adalah untuk melawan intoleransi, adalah berjuang untuk kebebasan dan sukacita hidup saya.

Garcia

Mengerti. Saya senang menjadi bagian dari perubahan itu. Kami akan berada di Rio Branco selama sebulan. Setelah itu, kami kembali ke peternakan. Mereka akan dipaksa untuk menerima kita.

Mawar

Berharap. Saya harap strategi Anda berhasil. Kita harus mendapatkan kesempatan itu. Bagaimana dengan keluargamu yang lain?

Garcia

Saya sudah dalam proses pemisahan. Saya akan berbagi setengah harta saya dengan istri lama saya. Tapi aku tidak diwajibkan untuk tetap menikah dengannya. Itu adalah tahun sukacita dan dedikasi untuk pernikahan kami, tetapi saya merasa saya harus mengakhiri penderitaan kami. Kami mendapatkan banyak orang dari itu.

Mawar

Itu membuat saya merasa kurang bersalah. Saya tidak ingin menjadi perusak rumah. Saya hanya ingin menemukan tempat saya di dunia dan jika itu berarti berada di sisi Anda, jika itu adalah kebahagiaan saya, saya menerima bahwa alam semesta telah menyediakan saya. Tapi aku tidak ingin menghancurkan siapa pun.

Garcia

Jangan khawatir, saya akan segera kembali. Akulah yang memisahkan diri darinya atas kehendaknya sendiri. Tidak ada yang bisa menilai kita. Sejak aku bertemu denganmu, aku terpesona olehmu. Dari sana tujuan saya adalah Anda. Saya tidak akan berusaha untuk mencapai itu. Sebanyak semua orang menentang hubungan kita, tidak ada yang bisa menghentikannya. Itu tertulis dalam takdir kami pertemuan ini, maktub!

Mawar

Saya berterima kasih kepada alam semesta untuk itu. Aku ingin segera ke Rio Branco. Aku ingin mengenalmu lebih baik. Tak satu pun dari yang lain penting bagi saya. Hanya kita berdua di alam semesta, dua makhluk yang saling melengkapi dan saling mencintai. Cinta kita sudah cukup untuk mencapai nirwana. Keajaiban cinta yang mengelilingi kita ini bertanggung jawab untuk itu.

Garcia

Jadilah itu, sayang. Aku benar-benar mencintaimu.

Mereka terus maju sendirian di jalan berdebu itu. Apa yang takdir persiapkan untuk kalian berdua? Tak satu pun dari mereka tahu. Mereka hanya memberi diri mereka energi yang kuat yang membimbing mereka melalui kegelapan. Tidak ada kejahatan yang akan ditakuti karena cinta adalah kekuatan paling kuat yang ada. Itu semua akan sia-sia hanya karena fakta bahwa yang satu menginginkan yang lain. Mereka harus menikmati hidup dengan cara terbaik dan tidak akan menjadi aturan yang didikte oleh masyarakat yang akan mencegah mereka memuaskan kebenaran mereka. Mereka memiliki aturan mereka sendiri, dan kebebasan masing-masing lebih besar dari apa pun.

Menyadari hal ini, mereka maju di jalan-jalan indah di pedalaman Pernambuco. Ada batu, duri, elemen budaya, manusia desa, fauna, flora, dan debu besar. Skenario ini adalah salah satu yang paling asli di dunia. Masa depan sedang menunggu mereka dengan tangan terbuka.

Sebulan di kota Rio Branco

Malam pernikahan pasangan itu dimulai di sebuah peternakan yang terletak di sekitar kota Rio Branco. Itu adalah momen keintiman pasangan yang paling dinantikan. Mereka memberi diri mereka cinta sepenuhnya, dalam tarian tubuh dan pikiran. Selama tindakan seksual, mereka mengalami kesurupan dan melakukan perjalanan ke dunia yang belum pernah terlihat sebelumnya. Ini adalah keajaiban cinta, yang mampu mengatasi batas-batas imajinasi.

Setelah tindakan seksual, itu adalah momen ketenangan dan ekstasi.

Mawar

Itu adalah hal terbaik yang pernah terjadi dalam hidup saya. Saya tidak pernah berpikir kehilangan keperawanan saya adalah hal yang fantastis. Saya melihat sekarang bahwa saya telah bodoh untuk membuang begitu banyak waktu menunggu ini.

Garcia

Ya, sayang. Saya juga sudah lama menunggu ini. Saya melihat saya benar. Anda adalah wanita paling menarik yang pernah saya temui. Aku menginginkanmu seumur hidupku.

Mawar

Apakah kita akan memiliki anak-anak kita?

Garcia

Saya ingin memiliki banyak anak dengan Anda dan menemani Anda melalui karier Anda. Saya berjanji, kami akan bahagia meskipun kami akan bahagia, bahkan jika kami akan melawan semua orang.

Mawar

Anda meyakinkan saya banyak. Saya siap untuk membuat komitmen itu. Secara bertahap, saya masuk ke ritme situasi.

Garcia

Terima kasih banyak. Saya merasa sangat bahagia. Aku harus pergi bekerja di pertanian sekarang. Jaga pekerjaan rumah tangga. Aku akan segera kembali.

Mawar

Kau bisa menyerahkannya padaku.

Keduanya mengucapkan selamat tinggal dengan masing-masing akan memenuhi kewajiban mereka. Saat mengerjakan pekerjaannya, Rose memikirkan segala sesuatu yang berkaitan dengan hidupnya. Untuk mengubah lintasannya, itu hanya keputusan kecil yang menyebabkan transformasi besar. Dia hanya memikirkan dirinya sendiri sehingga merugikan kehendak keluarganya. Karena jika kita memikirkan pendapat orang lain, kita tidak akan pernah benar-benar bahagia.

Petani itu kembali, dan mereka bertemu lagi di dapur.

Mawar

Bagaimana hari Anda di tempat kerja?

Garcia

Itu adalah banyak komitmen profesional. Saya sangat lelah. Apa yang Anda siapkan untuk makan malam?

Mawar

Saya membuat sup sayuran. Apakah Anda menyukainya?

Garcia

Aku sedang jatuh cinta. Anda memiliki bakat besar untuk memasak. Sekarang giliranmu. Bagaimana Anda menghabiskan hari di rumah?

Mawar

Saya mengurus setiap detail kebersihan, makanan, dan organisasi karyawan. Saya adalah orang yang sangat perfeksionis. Hamba-hamba kami memuji saya. Saya membuat kesan yang baik pada mereka.

Garcia

Luar biasa, cintaku. Saya tahu saya telah menemukan orang yang tepat. Anda adalah istri yang baik dan pembersih rumah. Sekarang saya ingin bersenang-senang. Haruskah kita pergi ke kamar tidur?

Mawar

Ya. Aku sedang menunggu saat ini. Saya ingin belajar lebih banyak tentang keajaiban cinta.

Keduanya pensiun dari dapur dan pergi tidur bersama. Mulailah malam pernikahan baru. Mereka bertunangan baru-baru ini dan perlu menikmati saat-saat pertama ini dengan intens. Sementara itu, tampaknya dunia runtuh.

Reaksi keluarga mawar

Setelah membaca surat putrinya, keluarga Rose kecewa. Bagaimana pengkhianatan ini bisa begitu sesat? Dengan sikap ini, dia hanya membuang reputasi keluarga dan rasa hormat selama bertahun-tahun di masyarakat. Mencoba mencegah hal ini menghasilkan sesuatu yang lebih serius, Onofre (ayah Rose) menyiapkan kopernya, naik ke atas kuda, dan mengejar putrinya.

Menurut informasi yang dikumpulkan oleh seorang teman, Rose akan tinggal di sebuah peternakan di Rio Branco. Jadi, dia pergi. Mengambil jalan tanah, dia pergi mencari tujuannya. Dalam pikirannya yang bermasalah, ada hal-hal yang sangat menyedihkan terjadi. Keinginannya adalah balas dendam, kekejaman, dan banyak kemarahan.

Dia tidak puas. Sejak usia dini, dia telah berjuang untuk bekerja untuk memberikan yang terbaik untuk putrinya. Dia telah mengajarkan sila dan aturan terbaik untuk diikuti oleh seorang gadis yang baik. Namun, sepertinya dia telah membuang semuanya. Apakah dia melakukannya untuk uang? Itu akan menjadi sikap yang tak meminta maaf dan picik. Penghinaan terhadap martabat keluarga.

Tidak yakin akan hal itu, dia maju ke jalan tanah itu. Dihadapkan dengan skenario timur laut, dia menghidupkan kembali sensasi aneh yang mengganggunya. Akankah putrinya mewarisi semangatnya yang mandiri dan berani? Dia mengingat masa lalunya dengan hasrat yang dia jalani. Dia benar-benar menikmati hidup tetapi telah kehilangan cinta dalam hidupnya dengan akun aturan masyarakat. Apakah dia bahagia? Di satu sisi, dia merasa bahagia. Tapi itu bukan kebahagiaan yang lengkap. Dia telah kehilangan cinta sejatinya dan itu meninggalkan bekas luka di jantung pedalamannya. Itu tidak pernah sama.

Maju lebih jauh, aku siap untuk menghadapi pria yang telah merampok putrimu. Dia tetap tenang dan berhati-hati. Tapi kenyataannya adalah, saya marah. Dia merasa dikhianati oleh pasangan itu. Itu adalah rasa frustrasi, malu, dan ketidaktaatan. Anda harus membuat benturan ide.

Mengetahui hal ini, beberapa saat kemudian, dia sudah mendekati pertanian. Di pintu masuk properti, ia mengidentifikasi dirinya dan petani mengusulkan untuk menerimanya. Pasangan itu dan pengunjung bertemu di ruang tamu rumah besar itu.

Onofre

Aku kesal. Kau kabur seperti bandit. Anda telah menciptakan situasi yang sangat rumit bagi kita semua. Apa yang gila itu? Mengapa mereka melakukan itu?

Garcia

Itu satu-satunya jalan keluar. Anda bertindak seperti Anda memiliki putri Anda. Tapi tidak seperti itu. Anak-anak memiliki hak untuk memutuskan hidup mereka sendiri. Aku adalah pilihan putrimu, dan kami saling mencintai. Bagaimanapun kita akan membangun keluarga. Kami tidak memerlukan persetujuan Anda untuk itu. Itu adalah sesuatu yang ingin saya jelaskan.

Mawar

Saya merasa sangat buruk tentang melarikan diri. Tapi aku bukan tahananmu, Ayah. Saya memiliki semangat bebas. Saya hanya ingin mencoba sesuatu yang berbeda dalam hidup saya. Saya benar-benar menikmati kehidupan yang bisa saya berikan kepada suami saya. Saya muak dengan kehidupan yang saya pimpin. Tidak hanya pada masalah keuangan, tetapi juga pada masalah kemerdekaan saya sendiri. Bersamanya, aku merasa aman.

Onofre

Aku mengerti itu. Tapi apa yang saya takutkan terjadi. Anda adalah bahan tertawaan masyarakat. Semua orang mengkritik kita karena menghancurkan rumah. Pria ini, dia punya istri dan anak-anak. Ini bukan situasi yang mudah.

Garcia

Kita semua memiliki hak untuk membuat kesalahan, Pak. Saya salah memilih pernikahan pertama saya dan saya tidak bahagia. Ketika aku bertemu putrimu, aku jatuh cinta. Saya tidak ragu. Aku ingin memulai hidupku dari awal. Saya tidak berpikir ada yang bisa menilai kita berdua.

Mawar

Saya tidak pernah berpikir itu akan mudah. Tapi saya tidak bisa hidup atas dasar pendapat orang lain. Saya sangat bahagia di samping suami saya. Kami berdua saling melengkapi. Kami sudah menjadi suami dan istri.

Onofre

Maksudmu kau pernah berhubungan seks? Jadi, itu adalah jalan yang tidak bisa kembali. Jika kerusakan dilakukan, maka yang tersisa hanyalah mengasumsikan itu. Apakah Anda akan menikahi putri saya?

Garcia

Ya, saya berencana untuk melakukan itu segera. Kami sudah memiliki hubungan pernikahan. Yang tersisa untuk dilakukan adalah membuatnya resmi. Apa yang Anda katakan untuk itu? Bagaimana kalau kita?

Mawar

Akan sangat penting bagiku untuk mendapatkan persetujuanmu, Ayah. Saya tidak ingin berkonflik dengan keluarga saya sendiri. Jika Anda menerima kami, kebahagiaan saya akan lengkap.

Onofre

Saya tidak punya pilihan. Anda dapat kembali ke Cimbres. Aku akan memberkati pernikahan ini. Tapi aku punya permintaan. Jika Anda membuat keluarga saya menderita, Anda dapat yakin bahwa Anda tidak akan memiliki kesimpulan yang sukses.

Garcia

Aku tidak akan pernah menyakiti orang yang kucintai. Aku berjanji untuk menghormatimu selama sisa hidupku.

Mawar

Terima kasih banyak, Ayah. Kita akan kembali ke tanah air kita. Aku ingin anak-anakku tumbuh di sisimu. Aku mencintaimu; Aku cinta kamu.

Mereka bertiga berdiri dan berpelukan. Saya minta maaf pertemuan itu sukses. Sekarang, lanjutkan saja hidup Anda dan hadapi rintangan yang akan muncul.

Kembali ke Cimbres

Dengan masalah hubungan yang diselesaikan, pasangan itu kembali ke pertanian di Cimbres. Dengan cara ini, siklus hidup baru dimulai untuk mereka semua. Senang, mereka mengumpulkan keluarga untuk merayakan persatuan ini.

Magdalena

Aku tidak berharap untuk mengenali ini, tapi kalian berdua membuat pasangan yang cantik. Anda memiliki lagu yang indah yang memberikan banyak kesenangan. Selamat, cintaku.

Mawar

Terima kasih banyak, Bu. Saya sangat senang dan senang dengan itu. Memiliki dukungan Anda adalah semua yang saya inginkan. Anda benar sekali. Saya sangat bahagia di samping suami saya.

Garcia
Saya sangat menghargai pengamatan Anda, ibu mertua. Saya senang Anda menyadari bahwa kami memiliki cinta sejati di antara kami.

Onofre
Saya mengkonfirmasi kata-kata istri saya. Saya minta maaf atas pertentangan kami. Anda adalah pria yang sangat baik. Kapan pernikahan ini akan keluar?

Garcia
Saya ingin menikah pada akhir tahun ini. Kami mengadakan pesta besar. Semua orang harus hadir. Ini akan menjadi hari yang tak terlupakan bagi semua, hari realisasi persatuan kita.

Mawar
Aku akan mengaturnya. Saya suka mengadakan pesta. Ini akan menjadi hari paling bahagia dalam hidupku.

Semua orang bertepuk tangan dan bersulang dengan bir. Hidup benar-benar adalah kincir ria besar. Tidak ada yang pasti. Dalam sekejap, semuanya bisa berubah menjadi hidup Anda. Apa yang buruk hari ini bisa berubah menjadi bonanza di masa depan. Jadi, jangan menyesali kesalahan kita. Mereka berfungsi sebagai pembelajaran dan untuk pengembangan strategi baru. Yang penting adalah tidak menyerah pada impian kita. Mimpi membimbing kita dalam perjalanan kita di darat. Ada baiknya menjalani masing-masing momen ini dengan sukacita, watak, iman, dan harapan. Selalu ada peluang untuk menang dan sukses. Percayalah itu.

Upaya mantan pengantin pria untuk rekonsiliasi

Peter bekerja di Sao Paulo dan belajar melalui surat pengkhianatan pengantin wanita. Dia sedih, tertekan, dan jijik. Bagaimana dia bisa membuang cinta yang begitu indah sehingga ada di antara keduanya? Semua ini karena lawanmu adalah petani kaya? Itu tidak akan membawanya di mana pun. Dia menyadari nilainya sebagai manusia dan cakarnya untuk menang. Sayang sekali dia tidak menghargai itu.

Tapi dia belum menyerah. Dia akan melakukan satu upaya terakhir pada perkiraan. Dengan ini, ia naik bus dan mulai melakukan perjalanan kembali ke timur laut Brasil.

Sesampainya di tempat kejadian, dia menuju ke peternakan. Dia mengumumkan dirinya dan disambut oleh pacar lamanya. Mereka duduk di sofa ruang tamu.

Mawar

Saya sangat yakin suami saya tidak ada di sini. Apa yang kau lakukan di sini? Apa kamu gila?

Petrus

Aku tidak terima, Rose. Aku rindu sekali sama kamu. Kenapa kau mengkhianatiku seperti itu? Bukankah kamu yang bilang kau mencintaiku?

Mawar

Mengerti, sayang. Kau telah menjauh dari hidupku. Aku tidak punya kewajiban untuk menunggumu. Saya berpikir dengan cara yang praktis. Saya melihat kesempatan yang lebih baik untuk diri saya sendiri.

Petrus

Aku pergi untuk mendapatkan uang untuk pernikahan kami. Kami sepakat tentang itu. Ketika saya mendengar Anda telah mendapatkan pasangan, saya terkejut. Anda benar-benar mengecewakan saya.

Mawar

Aku minta maaf atas penderitaanmu. Tapi kau terlalu muda. Saya berharap Anda akan menemukan wanita lain tanpa hambatan. Saya meminta Anda untuk melupakan saya selamanya dan hanya berteman.

Petrus

Kau tidak akan pernah menjadi temanku. Kau akan selalu menjadi cintaku. Jika Anda pernah mempertimbangkan kembali keputusan Anda, datanglah kepada saya.

Mawar

Baiklah. Kita tidak tahu seperti apa nasib kita nantinya. Mari kita letakkan ini di tangan Tuhan. Semua yang terbaik untuk Anda. Hanya berada di damai.

Petrus

Semoga Tuhan memberkati Anda dan melindungi Anda. Saya akan kembali bekerja di Sao Paulo dan mengurus hidup saya.

Begitulah yang terjadi. Petrus kembali ke kota São Paulo. Itu perlu untuk melupakan penderitaan dan melanjutkan hidupnya. Ada banyak hal baik untuk mengambil keuntungan dari kehidupan.

Perayaan pernikahan

Hari yang ditunggu-tunggu telah tiba. Pada reuni keluarga yang terlibat dalam tarian, pesta, dan musik, mereka merayakan persatuan pasangan favorit kami. Itu adalah perayaan besar. Waktunya telah tiba bagi kedua mempelai untuk berbicara.

Garcia

Ini adalah momen penting dalam sejarah kita. Momen persatuan, harmoni, tekad, dan kebahagiaan. Ini adalah hidup kita datang bersama-sama. Saya berjanji, sebelumnya, bahwa saya akan memenuhi peran saya sebagai suami dengan layak. Saya akan berusaha untuk menjadi suami terbaik di dunia. Kita akan tumbuh bersama dan membentuk keluarga kita. Untuk ini, saya membutuhkan dukungan dan pemahaman keluarga. Saya mengerti bahwa suatu hubungan itu rumit. Akan ada saat-saat pertempuran, ketidakpuasan, dan saat-saat kebahagiaan. Tapi kita akan menghadapi semua ini bersama-sama sampai akhir. Bagaimana menurutmu, cintaku?

Mawar

Saya adalah wanita paling bahagia di dunia. Aku mendapatkan apa yang kuinginkan. Semoga anak-anak dan cucu-cucu kita datang untuk memahkotai hubungan ini. Mulai sekarang, saya akan bisa menjalani kehidupan yang penuh. Itu tidak berarti itu semua akan menjadi sempurna, tetapi kita dapat mengatasi hambatan yang muncul. Saya telah menjadi pejuang yang hebat sejak saya masih muda. Saya tidak pernah membiarkan diri saya diatasi oleh kemunduran hidup. Yang paling penting adalah saya selalu percaya pada diri saya sendiri. Saya sangat berprestasi.

Semua orang bertepuk tangan dan pesta terus berlanjut. Ini adalah hari yang panjang yang penuh dengan perayaan keluarga. Pada akhir malam, semua orang mengucapkan selamat tinggal dan pasangan itu menikmati malam pernikahan mereka di pertanian. Ini adalah awal dari sebuah cerita baru.

Kelahiran anak pertama

Sudah setahun menikah. Rose hamil dan setelah sembilan bulan datang hari yang telah lama ditunggu-tunggu kelahiran putrinya. Pasangan itu mengambil mobil dan pergi ke rumah sakit kota. Di sana, dokter mulai melahirkan. Selama dua jam, wanita itu menangis dan mengerang sampai putranya lahir. Sang ayah memasuki ruang bersalin dan memeluk putranya. Sang ibu juga mulai meneteskan air mata, bosan.

Garcia

Saya sangat senang. Putriku cantik dan anggun. Terima kasih sayangku. Kau membuatku menjadi pria paling bahagia di dunia.

Mawar

Saya juga wanita paling bahagia di dunia di sisi Anda. Ini adalah awal dari lintasan keluarga kami. Saya melihat bahwa kita berjalan di jalan yang baik dan bahwa terlepas dari semua kesulitan, kita secara bertahap mengatasi diri kita sendiri. Sukses menanti kita, sayangku.

Garcia

Ayo kita pulang saja. Anggota keluarga kami cemas.

Pasangan itu meninggalkan ruang bersalin, melintasi lobi utama, mencapai area luar, dan masuk ke dalam mobil. Kemudian perjalanan kembali dimulai. Mereka melintasi seluruh kota ke selatan dan mulai berjalan di jalan tanah. Ada sedikit gerakan, matahari kuat, burung terbang di luar mobil. Di saat lain, matahari menghilang, dan hujan yang cerah mulai turun. Lingkungan pedesaan sangat cocok untuk refleksi dan emosi.

Mereka maju di jalan yang penuh dengan pikiran, keraguan, dan kegelisahan mereka sendiri. Mereka melewati kurva berliku dari gunung suci. Gunung yang mengundang, berkelok-kelok, dan berbahaya. Itu adalah emosi yang memancar keluar sepanjang waktu. Itu akan bagus untuk dicoba.

Setelah tiba di rumah, mereka menerima kerabat mereka dan memulai perayaan. Di sebuah pesta yang dicuci dengan bir, musik, dan tarian, mereka menikmati sepanjang hari. Itu adalah kebahagiaan besar yang dibagikan bersama teman-teman. Jadi, mereka memiliki momen yang indah dan menarik. Tapi lintasan mereka baru saja dimulai.

Pembentukan perdagangan pertama

Setelah kelahiran putra mereka dan dengan kedatangan pengeluaran baru, pasangan itu mulai menyusun rencana untuk menyelesaikan situasi dan mencapai kesepakatan.

Garcia

Aku akan membuka pasar untukmu, istriku. Aku akan menempatkan saudaramu untuk menjadi manajer situs. Dia adalah orang yang sangat cerdas.

Mawar

Itu luar biasa, cintaku.

Dalam hal ini, saudara laki-laki Rose datang ke rumah dan mendengar percakapan itu.

Roney

Saya tidak tahu bagaimana berterima kasih. Saya benar-benar membutuhkan pekerjaan. Saya juga memiliki banyak biaya dengan keluarga saya.

Garcia

Selain kesempatan ini, Anda juga dapat membuat lembu dan meletakkan di tanah saya. Anda tidak perlu membayar sewa. Dengan begitu, Anda bisa menghasilkan uang lebih cepat.

Roney

Ya Tuhan, yang luar biasa. Terima kasih banyak, saudara ipar. Aku tidak akan mengecewakanmu. Anda dapat mengandalkan saya sepanjang waktu.

Garcia

Saya menyadari hal itu. Anda adalah pria yang bisa Anda percayai. Aku akan selalu ada untukmu.

Mawar

Itu ide bagus. Saya senang semuanya berhasil. Persatuan keluarga kami sangat fantastis. Aku sangat bahagia, cintaku. Kita akan tumbuh bersama.

Dengan baik, mereka memulai persiapan untuk implementasi perusahaan. Semuanya harus sempurna agar bisnis menjadi sukses.

Pembukaan pasar

Hari pembukaan yang diharapkan telah tiba. Kerumunan besar menghadiri pesta itu. Pada malam yang melibatkan tarian, minuman, musik dan banyak kencan, mereka meresmikan usaha mereka. Itu adalah realisasi dari mimpi bagi semua orang yang hadir.

Pasar memiliki berbagai macam produk makanan dan akan menjadi pelopor di wilayah tersebut. Ini akan menghindari perjalanan yang tidak perlu ke kota.

Itu adalah hambatan lain yang diatasi dalam kehidupan pasangan awal itu. Semoga prestasi baru datang.

Kemakmuran

Beberapa bulan telah berlalu. Perdagangan dan kawanan lembu makmur yang menghasilkan keamanan finansial yang besar bagi keluarga itu. Dalam kaitannya dengan kebahagiaan, mereka berada dalam harmoni dan kedamaian yang besar di rumah.

Itu adalah perubahan besar dalam hidup mereka. Mereka percaya pada proyek keluarga mereka, menghadapi kemunduran, dan dengan berani mengambil identitas mereka. Semua ini menghasilkan hasil yang konkret.

Pada fase baru yang dimulai, mereka merencanakan penerbangan yang lebih tinggi. Mereka bersatu untuk mewujudkan keluarga ideal. Mereka menginginkan lingkungan kedamaian, ingatan, dan kebahagiaan yang ideal. Itu sebabnya mereka bekerja sangat keras.

Keluarga

Tahun-tahun berlalu dan keluarga telah tumbuh dengan kelahiran anak-anak baru. Di sisi keuangan, mereka memiliki kemakmuran yang meningkat. Dengan demikian, hubungan keluarga sedang terjalin. Ini bertentangan dengan prognosis hubungan semua orang lain.

Itulah sebabnya kita selalu perlu bertanggung jawab atas hidup kita. Kita perlu membebaskan diri dari pengaruh orang lain dan menjadi penulis lintasan kita. Hanya dengan begitu kita akan memiliki kesempatan untuk bahagia. Kebutuhan iman, ketahanan, kemauan dan kebebasan.

Takdir kita yang sebenarnya adalah bahagia. Tetapi untuk mencapai hal ini kita perlu bertindak lebih banyak dan mengharapkan lebih sedikit. Itulah yang telah dipelajari pasangan ini sepanjang hidup mereka.

Periode sepuluh tahun

Petani itu secara finansial membantu keluarga pengantin wanita. Semua kerabatnya tumbuh dalam segala hal. Ini membawa bagi semua orang lebih harmonis dan bahagia. Itu adalah persatuan yang sempurna dan bahagia. Setelah sepuluh tahun, petani itu menderita penyakit serius. Terlepas dari upaya semua orang, dia gagal pulih dan meninggal.

Itu adalah rasa sakit yang luar biasa bagi semua kerabat. Proses berduka dimulai dan berlangsung lama. Mereka adalah periode yang gelap dan menyedihkan. Setelah rasa sakit yang hebat ini berlalu, perencanaan baru dibuat. Itu perlu untuk melanjutkan hidup dengan satu atau lain cara.

Reuni

Setelah kematian petani, mantan pengantin pria kembali ke Pernambuco. Dia pergi untuk mengadakan pertemuan dengan seorang janda.
Petrus
Aku siap memaafkanmu. Sekarang setelah Anda menjadi janda, saya ingin kembali bersama Anda. Saya tidak memiliki sakit hati lagi.
Mawar
Saya memiliki beberapa anak dengan suami saya. Dan kau juga menikah. Masih bisakah kita mendapatkan cinta kita kembali?
Petrus
Saya jamin itu akan berhasil. Kita masih bisa bahagia. Situasinya sekarang sama sekali berbeda. Jalan kita telah datang bersama-sama lagi. Lanjutkan saja dan berbahagialah.
Mawar
Aku akan menerimanya. Aku ingin bahagia denganmu. Mari kita membangun cerita yang indah. Ini kesempatan kita.
Pasangan itu berpelukan dan berciuman. Sejak saat itu, mereka memiliki lebih banyak anak dan membangun hubungan yang ideal. Itu adalah realisasi dari mimpi lama. Akhirnya, cerita itu memiliki kesimpulan yang sukses.

Menyadari perannya dalam masyarakat

Kita tidak tahu dari mana kita berasal atau ke mana kita akan pergi. Ini adalah sesuatu yang telah menghantui kita sepanjang hidup kita. Ketika kita dilahirkan dan menyadari lingkungan sosial di mana kita hidup, kita memiliki sedikit kesan tentang apa yang kita bisa dalam hidup. Tapi itu hanya asumsi belaka. Pertanyaan batin ini membawa kita ke pencarian yang tak terkendali untuk mengetahui siapa kita dan apa yang kita bisa. Di situlah pelatihan kehidupan itu sendiri datang yang membawa kita ke tempat yang tepat.

Di jalan kehidupan ini, kita dipandu oleh tanda-tanda. Mengenali dan intuitif ini tidak mudah karena kita memiliki dua kekuatan dalam konflik dalam diri kita: baik dan jahat. Sementara kebaikan telah mengarahkan kita ke sisi kanan, kejahatan mencoba untuk menghancurkan kita dan membawa kita menjauh dari takdir Tuhan yang sebenarnya. Menyingkirkan tindakan pikiran negatif ini adalah keterampilan yang hanya dimiliki sedikit orang.

Pada saat itu, guru spiritual muncul dalam hidup kita. Kita perlu memiliki semangat yang siap untuk mengikuti saran Anda dan berhasil dalam hidup. Tetapi jika Anda menempatkan diri Anda sebagai roh pemberontak, tidak ada yang akan berhasil. Ini disebut hukum pengembalian atau hukum panen. Jadilah bijak dan pilih yang tepat.

Mari kita pergi ke contoh saya. Nama saya aldivan, yang dikenal sebagai pelihat, putra Allah atau Ilahi. Saya dilahirkan dalam keluarga miskin petani dengan situasi keuangan yang sedikit. Saya memiliki masa kecil yang indah meskipun kesulitan keuangan. Fase masa kanak-kanak ini adalah yang terbaik dalam hidup kita. Saya memiliki kenangan indah tentang masa kecil dan masa muda saya.

Ketika mereka mencapai usia dewasa, koleksi keluarga dan masyarakat dimulai. Ini adalah fase yang melelahkan dan menyedihkan. Kita perlu memiliki kontrol emosional untuk mengatasi setiap rintangan yang muncul. Dengan cara ini, pencarian saya untuk stabilitas keuangan adalah fokus saya. Sayangnya, masalah emosional dan cinta adalah pilihan terakhir. Sementara itu, saya pikir saya membuat pilihan yang tepat. Masalah afektif ini terlalu rumit hari ini. Kita hidup di dunia yang penuh cinta. Kita hidup berdampingan dengan orang-orang yang egois dan materialistis. Kita hidup berdampingan dengan orang-orang yang hanya ingin mengambil keuntungan dari nilai-nilai moral. Untuk semua yang saya sebutkan, saya percaya bahwa pilihan saya untuk sisi profesional adalah pilihan yang tepat.

Saya mulai kuliah dan mulai bekerja di pelayanan publik. Itu adalah tantangan pribadi yang besar bagi saya. Mendamaikan kegiatan yang berbeda secara paralel dengan aktivitas artistik tidak mudah bagi siapa pun. Itu adalah periode penemuan dan pembelajaran penting yang menambah konstruksi karakter saya. Saat-saat indah membawa saya ke kilatan kebahagiaan dan harmoni. Masa-masa sulit membawa saya rasa sakit yang luar biasa kuat yang membuat saya seorang pria lebih siap menghadapi situasi kehidupan sehari-hari.

Seluruh karier saya telah mengajarkan saya bahwa impian kita adalah hal yang paling penting dalam hidup kita. Ini untuk impian saya bahwa saya terus hidup dan bersikeras pada kesuksesan saya. Jadi jangan pernah menyerah apa yang Anda inginkan. Kehidupan yang kosong adalah beban yang sangat mengerikan untuk ditanggung. Jadi, jika Anda gagal, pikirkan kembali perencanaan Anda, dan coba lagi. Akan selalu ada kesempatan baru atau arah baru. Percayalah pada potensi Anda dan lanjutkan.

Pencarian mimpi

Saya hidup di masa kanak-kanak dalam situasi yang sama sekali tidak mampu. Lahir dari keluarga petani yang satu-satunya pendapatannya adalah upah minimum dalam standar Brasil, saya menghadapi kesulitan keuangan yang besar di masa kanak-kanak. Kurangnya sumber daya ini membuat saya ingin memperjuangkan proyek saya sejak usia dini. Saya menyerahkan masa kecil saya sehingga saya bisa mempersiapkan diri untuk pasar kerja. Satu-satunya tujuan saya adalah untuk mendapatkan kemandirian finansial saya yang tidak mudah sama sekali.

Saya meninggalkan semua jenis waktu luang untuk mendedikasikan diri saya untuk proyek-proyek saya. Itu adalah pilihan pribadi dalam menghadapi masalah pribadi saya. Tetapi setiap pilihan memiliki konsekuensinya sendiri. Saya tidak dapat menemukan cinta sejati karena telah mendedikasikan diri saya begitu banyak untuk sisi profesional. Itu adalah konsekuensi besar dari perbuatan saya. Saya tidak menyesalinya. Cinta sejati antara pasangan semakin jarang terjadi.

Itu adalah lintasan panjang upaya dalam studi dan pekerjaan. Saya bangga dengan lintasan pribadi saya dan mendorong orang-orang muda untuk memperjuangkan impian mereka. Kebutuhan banyak fokus pada apa pun yang Anda curahkan untuk diri Anda sendiri. Namun, kita harus selalu rasional dalam perencanaan hidup. Saya mengatakan bahwa dari aspek keuangan, tender publik adalah pilihan terbaik. Persaingan di area publik memiliki stabilitas, yang sangat penting untuk perencanaan keuangan.

Dengan perencanaan keuangan yang baik, kita bisa mendapatkan pandangan hidup yang lebih baik. Aspek kehidupan lainnya juga melengkapi untuk mencerahkan hidup kita. Sementara itu, apa yang harus kita lakukan untuk berhasil adalah berbuat baik. Kita sepenuhnya dapat diberkati oleh tindakan kita.

Pengalaman masa kecil

Saya lahir dan dibesarkan di sebuah desa kecil di timur laut Brasil. Berasal dari keluarga yang rendah hati, masa kecil saya menderita, tetapi dimanfaatkan dengan baik. Saya bermain bola dan menjatuhkan atasan dengan anak laki-laki, mandi di sungai, memanjat pohon buah-buahan, dan makan buah-buahan mereka, belajar di sekolah, dan mencapai kinerja yang unggul, saya berpartisipasi dalam pesta dan acara sosial, saya memiliki kehidupan yang benar-benar bahagia dan tidak ada tanggung jawab.

Masalah situasi keuangan yang kurang mampu mencekik saya, tetapi itu tidak mencegah saya memiliki momen bahagia bersama keluarga, kerabat, teman, dan tetangga. Itu adalah saat-saat indah yang tidak pernah kembali. Ketika saya mengingat ini, saya merasakan energi saya yang bersemangat bergema sepanjang hidup saya.

Pengalaman masa kecil adalah bahan bakar yang saya kebutuhan untuk mendorong harapan saya untuk menjadi bahagia dan sukses. Situasi keluarga saya tidak mudah: Keluarga tradisional, benar-benar menolak seksualitas saya dan kaku sampai-sampai saya tidak membuat keputusan. Ketika ayahku masih hidup, dia bertanggung jawab atas keluarga. Setelah kematian orang tua saya, kakak laki-laki saya, yang kelima dalam garis keturunan, tidak mengizinkan siapa pun untuk memiliki pendapat tentang warisan ayah saya. Dia adalah orang yang mendominasi setiap situasi. Dia adalah pria yang kejam.

Jadi, saat ini saya tinggal di rumah yang saya warisi dari orang tua saya, tetapi tanpa kekuatan pengambilan keputusan tentang apa pun. Saya tunduk pada situasi ini, jadi saya tidak harus tinggal di luar dan sendirian. Saya tidak tahan kesepian dalam bentuk apa pun. Saya takut akan masa depan, dan saya meminta Tuhan untuk tidak sendirian di usia tua saya.

Tidak ada yang menghormati seksualitas saya

Brasil adalah negara yang mengerikan bagi kelompok LGBTI. Saya menganggap diri saya sebagai LGBTI dan saya tidak bisa mendapatkan cukup ejekan dan lelucon ke mana pun saya pergi. Mereka adalah ejekan dalam keluarga, di komunitas tempat saya tinggal, ketika saya bepergian, di sekolah, di tempat kerja. Bagaimanapun, saya tidak dihormati di mana pun.

Orang harus memahami bahwa seksualitas tidak mendefinisikan karakter kita. Saya adalah warga negara yang baik, saya bekerja, saya membayar hutang saya, saya memenuhi tugas saya sebagai warga negara, namun tidak ada yang memberi saya hak untuk apa pun. Ini seperti saya tidak terlihat dan gangguan dalam masyarakat.

Saya minta maaf ada begitu banyak orang yang mengalami keterbelakangan mental. Saya minta maaf ada begitu banyak orang yang menganiaya dan membunuh orang homoseksual. Sangat menyedihkan tidak memiliki tempat berlindung. Satu-satunya orang yang mendukung saya adalah Yesus Kristus. Dia bersamaku setiap saat, dan dia tidak pernah meninggalkanku.

Kesalahan besar yang saya buat dalam kehidupan cinta saya

Saya bertemu seorang pria pada hari pertama di pekerjaan baru saya. Dia adalah pria yang sangat tampan dan telah menunjukkan dirinya dengan sopan dan ramah kepada saya. Saya senang dengannya. Segera, kami memiliki afinitas yang besar dan kami bergaul dengan sangat baik. Melalui teman-teman, saya mengetahui bahwa dia memiliki janji dengan seorang wanita. Meski begitu, itu tidak menghentikan saya untuk mencintainya dengan cara yang saya tidak pernah mencintai pria lain. Itu adalah kesalahan besar yang menghabiskan banyak uang. Saya akan menjelaskan selanjutnya.

Setelah setahun, saya akhirnya memutuskan untuk berinvestasi dalam hubungan dengan pria ini. Saya menyatakan diri pada tanggal yang sangat penting bagi kami berdua. Apa yang merupakan perasaan yang begitu indah dan menawan berubah menjadi bencana besar. Dia sangat kasar padaku dan menolakku. Dia benar-benar menghancurkan saya dan dengan itu kami berjalan pergi untuk tidak pernah bersatu lagi.

Saya tidak menyalahkannya. Itu adalah kesalahan besar saya bahwa saya menginvestasikan harapan saya pada seorang pria yang memiliki komitmen kepada orang lain. Tapi itu adalah bukti yang benar-benar saya inginkan. Saya ingin melihat apakah dia merasakan hal seperti itu untuk saya. Ketika dia memilih istrinya, itu menunjukkan bahwa dia mencintai istrinya lebih dari saya. Itu adalah sesuatu yang tidak saya cari. Saya tidak akan pernah menjadi pilihan kedua bagi seorang pria. Saya ingin dan selalu layak menjadi tempat pertama dalam suatu hubungan. Kurang dari itu, saya tidak menerimanya. Saya merasa cukup baik sendirian.

Setelah peristiwa tragis ini, saya masih menyukai pria ini selama delapan tahun berturut-turut. Saat ini, perasaan yang saya miliki untuknya tidak aktif. Tampaknya jarak telah membantu saya dalam proses melupakan. Saya merasa baik secara mental dan saya harap saya tidak akan pernah jatuh ke dalam perangkap seperti itu lagi. Lebih baik memiliki kesehatan mental dan menjadi lajang.

Kekecewaan besar yang saya miliki dengan rekan kerja

Dalam pekerjaan baru saya dan begitu banyak orang lain yang saya miliki, saya sangat salah dengan orang-orang. Dalam semua situasi ini, saya mencoba pendekatan ramah dengan rekan kerja. Saya ingin berteman dengan mereka, tetapi saya benar-benar menyesalinya. Saya memiliki kekecewaan besar dalam arti itu yang membuat saya menyimpulkan bahwa tidak ada yang punya teman di tempat kerja.

Saya merasa frustrasi karena tidak memiliki teman ke mana pun saya pergi. Saya pikir banyak masalah terletak pada prasangka orang. Karena saya homoseksual, pria menghindari masuk ke salah satu cara saya pergi. Sejauh wanita, mereka takut saya akan mengambil suami mereka. Jadi bagaimanapun, saya merasa terisolasi.

Dunia adalah tantangan besar bagi mereka yang merupakan bagian dari minoritas yang ditolak. Kita perlu hidup dengan orang yang berbeda dan tidak toleran terhadap kekhasan kita. Ini bukan proses yang mudah untuk menghadapi masyarakat begitu terlambat. Saya tidak mendapat dukungan siapa pun. Bahkan dalam kelompok seksualitas saya, saya merasa mendukung. Ada prasangka lain di komunitas homoseksual yang lebih mengisolasi saya. Itulah sebabnya setelah 14 tahun mencari cinta, saya menyerah sepenuhnya. Saya adalah orang yang lajang dan bahagia akhir-akhir ini. Saya merasa diterangi dan diberkati oleh Tuhan dalam segala hal yang saya lakukan.

Prediksi besar untuk hidup saya

Saya adalah orang yang sangat bahagia. Saya memiliki kesehatan saya dalam kondisi sempurna karena penyesuaian makanan yang hebat Yang saya lakukan, saya memiliki banyak kerabat yang mengunjungi saya dari waktu ke waktu, saya memiliki pekerjaan saya yang menopang saya secara finansial, saya memiliki kegiatan artistik saya sebagai dukungan psikologis saya, dan saya memiliki Tuhan yang hebat yang tidak pernah meninggalkan saya.

Saya telah melalui beberapa kesulitan besar sejak saya masih muda, dan itu membuat saya menjadi pria seperti sekarang ini. Saya adalah orang yang luar biasa kuat secara mental, saya memiliki keyakinan pada spiritualitas, saya percaya pada takdir baik saya, dan saya percaya bahwa impian saya akan menjadi kenyataan bahkan jika mereka meluangkan waktu. Pencarian mimpi inilah yang membuatku tetap hidup. Saya seorang penulis, komposer, pembuat film, penulis skenario, penerjemah di antara kegiatan artistik lainnya.

Di satu sisi, saya telah memenuhi banyak mimpi yang saya miliki. Bagi mereka yang lahir dalam kondisi yang sangat tidak menguntungkan, itu adalah pencapaian besar. Saya sama sekali tidak dilahirkan dan hari ini saya memiliki karier yang stabil. Semua berkat usaha pribadi saya. Saya adalah orang yang sangat pejuang dan fokus. Saya merasa bangga pada diri saya sendiri dalam segala hal. Jadi, prediksi yang saya buat untuk hidup saya adalah bahwa saya akan benar-benar sukses karena saya berjuang untuk itu.

Orang suci yang merupakan putra seorang apoteker

Apotek
Civitavecchia- Italia
1 Januari 1745
Tim kerja semuanya berkumpul dalam perayaan pribadi putra kepala suku.
Raja
Kami berkumpul di sini bersama keluarga kedua saya untuk memperingati kedatangan putra saya di keluarga saya. Ini adalah hari sukacita dan hari kesinambungan satu generasi. Saya akan meninggalkan barang dan karakter saya sebagai contoh. Aku mengandalkan bantuanmu, Eloisa tercintaku, sehingga kita bisa membesarkan putra ini bersama-sama.
Eloisa

Aku senang, cintaku. Hari ini adalah hari yang berharga bagi saya. Awal dari siklus perayaan. Saya berjanji untuk berhenti menjadi ibu terbaik bagi putra kami.

Perwakilan karyawan

Atas nama semua karyawan, kami mengucapkan selamat kepada pasangan dan berharap kesehatan, kesuksesan, kemakmuran, dan kesabaran untuk membesarkan anak. Bukan tugas yang mudah untuk merawat anak-anak akhir-akhir ini. Kami akan bersedia mendukung Anda dengan cara apa pun yang Anda kebutuhan.

Raja

Terima kasih semuanya!

Pesta sudah dimulai. Ada banyak makanan, menari, band musik, dan banyak kegembiraan. Itu adalah tiga hari pesta berturut-turut yang membuat semua orang sangat lelah. Peristiwa penting harus dirayakan dan mereka pantas beristirahat karena mereka bekerja keras.

Tahun-tahun awal

Anak laki-laki Vicente Maria Strambi ceria, geli dan sangat patuh kepada orang tuanya. Karena kondisi keuangan keluarga yang tinggi, dia memiliki banyak kemungkinan yang tersedia: Dia memiliki guru pribadi, pelajaran berenang, bermain olahraga dengan teman-teman, banyak bepergian, dan memiliki saat-saat kesendiriannya. Dia banyak mempelajari Alkitab yang mengungkapkan kecenderungan Katoliknya sejak awal masa kecil dan masa mudanya.

Suatu hari, momen keluarga khusus akhirnya terjadi.

Raja

Semuanya diatur untuk perjalananmu, anakku. Ketika kami menyadari minat Anda dalam agama Katolik, ibumu dan saya memutuskan untuk mengirim Anda ke seminari. Di sana, Anda akan memiliki kesempatan untuk memiliki perkembangan psikologis, agama, dan emosional yang lebih baik.

Eloisa

Saya pikir itu adalah ide yang cerdas. Jika tidak berhasil, Anda bisa kembali. Pintu rumahku akan selalu terbuka untukmu, anakku.

Vicente

Aku memberikannya padamu, Bu. Aku menghargai kalian berdua. Saya sudah dikemas dan dengan banyak harapan. Saya berjanji untuk mengabdikan diri pada studi saya. Saya masih akan menjadi pria yang hebat.

Eloisa

Kau sudah menjadi kebanggaan kami. Kami akan memberi Anda semua dukungan yang Anda kebutuhan. Andalkan kami selalu.

Vicente

Terima kasih. Sampai jumpa saat liburan.

Setelah pelukan panjang dan ciuman, mereka akhirnya berpisah. Sopir menemani bocah itu ke mobil dan menghabiskan beberapa saat sampai mereka pergi secara permanen. Itu adalah awal dari perjalanan baru untuk anak kecil itu.

Perjalanan

Awal perjalanan mulai monoton. Hanya angin dingin dan tetesan kecil yang mengenai kaca spion dan terciprat ke dalam mobil sehingga bocah itu waspada. Ada banyak emosi yang terkandung pada saat yang sama. Di satu sisi, ketakutan akan hal yang tidak diketahui dan yang lainnya, kecemasan dan kegugupan yang memakannya. Ini umum bagi banyak orang dalam situasi baru yang menampilkan diri dalam hidup kita. Tidak mudah untuk meninggalkan kehidupan yang nyaman dan perlindungan orang tua bahkan lebih dari Vicente hanyalah seorang anak.

Situasi reflektif hanya rusak karena jatuh di lantai sebungkus rokok. Anak laki-laki itu turun, mengambil rokok, dan mengembalikannya ke pengemudi. Dia membuat ekspresi bersyukur.

Pengemudi

Kau menyelamatkan hidupku. Sebungkus rokok itulah yang menyelamatkan saya dari depresi.

Vicente

Tahukah Anda bahwa rokok adalah kebiasaan buruk, dan ini bisa berbahaya bagi kesehatan Anda? Apa yang terjadi dalam hidup Anda untuk membuat Anda merokok?

Pengemudi

Itu banyak hal. Saya tidak ingin membuat Anda khawatir tentang masalah saya.

Vicente

Tidak ada masalah. Tapi aku bisa menjadi teman dan penasihat yang baik untukmu. Apa yang mengganggu Anda?

Pengemudi

Aku, Lindsey, dan Rian membentuk keluarga yang cantik. Saya bekerja di metalurgi, istri saya adalah seorang guru, dan anak saya dalam perawatan pembersih rumah. Kami adalah keluarga yang erat, stabil, bahagia. Sampai saya membuat kesalahan di tempat kerja dan dipecat. Setelah itu, lantai saya runtuh. Saya harus merawat anak saya dan tidak ada usaha lagi, saya tidak menyukai istri saya. Perkelahian dimulai, persatuan kami bubar, dan kami harus putus. Dia dan anak saya mengambil rumah saya dan saya harus pindah ke apartemen. Saya menjadi pengemudi wiraswasta sehingga saya bisa membayar tagihan saya. Saya mengalami saat kesepian yang mengerikan dan itu membuat saya terbiasa merokok. Sejak itu, saya tidak menghentikan kecanduan sialan ini.

Vicente

Ini benar-benar cerita yang menyedihkan. Tapi saya tidak berpikir Anda harus terguncang. Jika istri Anda tidak memahami kelemahan Anda, maka dia tidak cukup mencintai Anda. Anda menyingkirkan hubungan palsu. Aku yakin satu-satunya kerugian adalah anakmu. Tapi saya pikir Anda dapat mengunjunginya dan dengan demikian mengurangi kerinduan itu. Lanjutkan. Hidup masih bisa membawa Anda sukacita besar. Yang harus Anda lakukan adalah percaya pada diri sendiri. Lepaskan rokok Anda selagi bisa. Ganti ini dengan praktik membaca, bersantai, percakapan sopan, atau karya artistik. Jaga pikiran Anda sibuk dan gejala depresi Anda akan menjadi lebih rapuh. Suatu hari Anda akan berkata kepada diri sendiri, "Saya siap untuk bahagia lagi." Pada hari itu, Anda akan menemukan wanita yang fantastis dan menikahinya. Anda mungkin memiliki pekerjaan yang lebih baik dan keluarga baru. Hidup Anda kemudian akan dipulihkan.

Pengemudi

Terima kasih banyak atas sarannya, teman. Proses membangun kembali hidup saya ini sepertinya akan sangat lambat. Saya akan menunggu saat yang tepat untuk muncul kembali. Sementara itu, saya pergi dengan banyak iman. Sungguh, kata-katamu banyak membantuku.

Vicente

Anda tidak perlu berterima kasih kepada saya. Saya percaya Tuhan mengilhami kata-kata saya. Mari kita lanjutkan!

Keheningan menggantung di antara pasangan. Mobil berakselerasi dan matahari mulai terbit. Itu pertanda bagus. Matahari datang untuk membawa energi yang kebutuhan untuk menghangatkan otot, jiwa, dan jantung. Itu adalah nafas bagi jiwa-jiwa yang bermasalah seperti itu.

Perjalanan mengikuti dan mereka tidak datang waktu untuk mencapai tujuan akhir dan beristirahat dari pekerjaan mereka.

Tiba di Seminari

Pasangan itu akhirnya tiba di seminari. Turun dari mobil, bocah itu membayar tiket, menjauh dari mobil, dan berjalan menuju pintu masuk gedung yang mengesankan. Campuran kegelisahan, keraguan dan kegugupan terus berlanjut padanya. Apa yang akan terjadi? Emosi apa yang menanti Anda di tempat tinggal baru? Hanya waktu yang bisa menjawab pertanyaan terdalam Anda.

Dia sudah berada di ruang panggilan. Dengan koper di pelukannya, dia mulai menjawab pertanyaan dari salah satu biarawati.

Angelica

Kamu dari kota mana? Berapa umurmu?

Vicente

Saya berasal dari Civitavecchia. Saya berusia 12 tahun, dan saya datang ke kehidupan religius.

Angelica

Baiklah. Tahu bahwa kehidupan beragama bukanlah cara yang mudah. Jalan di dunia jauh lebih mengundang dan lebih ringan. Menjadi religius adalah tanggung jawab besar. Awalnya, Anda harus fokus pada studi Anda. Jika Anda menyadari bahwa Anda memiliki panggilan agama, maka Anda perlu mengambil langkah berikutnya. Semuanya memiliki waktu yang tepat.

Vicente

Mengerti. Begitulah cara saya akan bertindak. Anda dapat yakin.

Angelica

Jadi, apa yang bisa saya katakan? Selamat datang, sayang. Rumah harapan adalah tempat yang menyambut semua orang. Kami berharap Anda mematuhi aturan perilaku. Rasa hormat adalah sila utama kita.

Vicente

Terima kasih banyak. Aku berjanji itu akan baik-baik saja.

Anak itu dibawa ke salah satu kamar. Karena perjalanannya melelahkan, dia berangkat untuk beristirahat. Dia harus sepenuhnya pulih untuk memulai pekerjaan kerasulannya.

Kunjungan Bunda Maria

Setelah makan malam, anak laki-laki itu berkumpul dalam doa di kamar. Keheningan yang meresahkan memenuhi malam. Beberapa saat kemudian, dia mulai merasakan angin sepoi-sepoi. Seorang wanita mendekat dari dalam awan putih dan mendarat di ruangan itu. Dia adalah seorang wanita berambut cokelat, periang, dengan wajah memerah dan senyum yang luar biasa.

Vicente

Siapa kamu?

Maria

Nama saya Maria. Saya adalah mediator dari semua rahmat yang diperlukan untuk seluruh umat manusia.

Vicente

Apa yang kau inginkan dariku?

Maria

Saya ingin menggunakan Anda untuk memperingatkan umat manusia. Kita hidup di masa-masa sulit. Umat manusia telah menyimpang dari Tuhan dan iblis telah mendominasi dunia dengan kebenciannya. Ada sangat sedikit jiwa yang baik.

Vicente

Apa yang harus kulakukan?

Maria

Banyak berdoa. Berdoa rosario setiap hari untuk penyembuhan umat manusia. Kita perlu bergabung untuk mencoba menyelamatkan umat manusia.

Vicente

Apa yang Anda katakan kepada jalan apostolik saya?

Maria

Anda memiliki segalanya untuk tumbuh di gereja saya. Anda adalah seorang sarjana muda, berpendidikan, dengan nilai-nilai dan dengan hati yang baik. Anda adalah salah satu dari mereka yang dipilih untuk memulihkan Gereja Baru, agama yang lebih inklusif yang merenungkan semua hamba yang tersesat.

Vicente

Saya senang dengan tugas yang begitu baik. Saya berjanji untuk mengabdikan diri sepenuhnya. Kita perlu membuat gereja berkembang dan menjadi pintu surga bagi umat beriman. Terima kasih banyak atas kesempatan ini.

Maria

Anda tidak perlu berterima kasih kepada saya. Aku harus keluar dari sini. Tetaplah bersama Tuhan.

Vicente

Terima kasih, ibuku tercinta. Aku akan menemuimu di kesempatan lain.

Ibu Allah kembali ke awan dan dalam sekejap mata menghilang. Lelah, anak itu pergi tidur. Beberapa hari ke depan akan membawa lebih banyak berita.

Pelajaran tentang agama

Pagi-pagi sekali, setelah sarapan, kelas teologi dimulai dengan para siswa.

Guru

Pada awalnya, Allah menciptakan langit dan bumi. Secara bertahap, ruang diisi oleh makhluk hidup. Tuhan yang agung adalah Tuhan yang beragam. Kemudian jutaan spesies yang berbeda diciptakan, masing-masing dengan fungsi spesifiknya sendiri. Spesies manusia diciptakan dan diberi tugas merawat tanah. Semuanya sangat indah dengan perdamaian yang memerintah di seluruh kerajaan. Sampai orang-orang primitif memberontak dengan melanggar hukum sang pencipta. Demikianlah datanglah dosa yang menodai lintasan manusia. Tapi semua tidak hilang. Rekonsiliasi dengan Tuhan dijanjikan di masa depan. Kita telah melihat bahwa Kristus menggenapi peran ini dengan baik dengan memberi kita kembali kekudusan. Melalui penyaliban-Nya, Kristus menyatukan seluruh umat manusia.

Vicente

Ada beberapa hal yang tidak saya pemahaman dalam teori ini. Bukankah manusia itu anggota partai penentang selamanya? Apakah Kristus mati untuk menyelamatkan kita dari dosa-dosa kita atau apakah Dia korban konspirasi orang Yahudi?

Guru

Bahkan, kita hanya tahu sedikit tentang asal usul kemanusiaan. Naskah-naskah kuno melaporkan bahwa kekudusan yang dipelihara manusia pada asalnya dan bahwa pelanggaran hukum ilahi adalah penyebab asal usul dosa. Tidak ada cara untuk mengetahui apa itu kebenaran.

Seperti yang Kristus katakan: Anda tidak harus hidup untuk percaya. Berkenaan dengan pertanyaan kedua, kita dapat mengatakan bahwa kedua hipotesis itu benar. Tuan kami adalah korban pengkhianatan, dan ini berfungsi sebagai pengorbanan bagi umat manusia. Kristus adalah sempurna dan tidak layak untuk mati. Kematian-Nya adalah harga dasar Gereja dan keselamatan kita.

Vicente

Saya mengerti dan saya percaya. Itu membuatku percaya katakatamu. Kristus dapat menjadi simbol dari kekuatan kreatif yang membangun manusia. Kekuatan yang kokoh, pengertian, diampuni yang mencakup yang baik dan yang buruk, yang selalu mengharapkan rekonsiliasi. Tapi itu juga kekuatan keadilan, yang melindungi yang baik dari yang buruk. Dalam hal ini muncul konsep hukum pengembalian. Kejahatan yang kita lakukan datang kembali kepada kita dengan kekuatan yang lebih besar.

Guru

Itu benar, sayangku. Itulah mengapa perlu untuk mengawasi nilai-nilai kita. Penting untuk memperbaiki kesalahan kita untuk berkembang. Sebelum Anda berbicara, pikirkan. Kata yang salah tempat dapat sangat menyakiti tetangga kita. Luka ini dapat menyebabkan masalah psikologis yang terus-menerus. Ini terlalu banyak menganiaya jiwa manusia.

Vicente

Itulah sebabnya semboyan saya selalu tidak pernah menyakiti siapa pun. Namun, orang-orang tidak merawat saya dengan cara yang sama. Mereka bahkan tidak peduli menyebabkan rasa sakit dan kesalahpahaman. Orang-orang sangat egois dan materialistis.

Guru

Itulah sebabnya kami mempelajari teologi. Adalah pemahaman bahwa Tuhan adalah kekuatan yang lebih besar yang mengejutkan kelemahan kita. Ini adalah pemahaman bahwa pengampunan adalah pembebasan dari kesalahan kita. Hal ini untuk melihat dalam pengorbanan Kristus sebuah tanda sehingga kita dapat berperang melawan musuh-musuh kita dengan kepastian kemenangan.

Vicente

Terima kasih, Profesor. Saya mulai menikmati sekolah. Mari kita lanjutkan!

Kelas berlangsung sepanjang pagi dan merupakan waktu kesenangan dan penerimaan dalam iman Kristus. Setelah menyelesaikan sekolah, mereka pergi makan siang dan beristirahat. Semuanya baik-baik saja di rumah harapan.

Percakapan di seminar

Sudah dua tahun sejak Vincent muda belajar. Kemudian saat percakapan semakin dekat yang akan menentukan masa depan Anda.

Biarawati

Kami menyadari bahwa Anda adalah seorang pemuda yang sangat rajin di segala bidang. Kami ingin mengucapkan selamat kepada Anda. Kami juga ingin tahu apa keinginan Anda untuk masa depan. Apakah Anda benar-benar ingin menjadi seorang imam?

Vicente

Saya menghargai kata-kata. Saya telah menjadi Kristus sejak saya lahir. Jadi, jawaban saya positif. Saya ingin bergabung dengan rantai kebaikan ini. Saya ingin memenangkan banyak jiwa untuk tuan saya.

Biarawati

Baiklah. Kemudian mari kita atur ritus suci. Sebelumnya, selamat datang di kelas.

Vicente

Terima kasih banyak. Aku berjanji tidak akan mengecewakanmu.

Hidup mengikuti. Vincent ditahbiskan sebagai imam dan memulai kegiatan imamnya. Itu adalah realisasi dari mimpi lama, dan saya tahu itu adalah kebanggaan keluarga.

TIDAK ADA YANG BISA LOLOS DARI TAKDIR ANDA

Masuk ke dalam jemaat Penuh kasih

Vicente berbicara kepada jemaat Penuh kasih dengan tujuan mengadakan pertemuan dengan pendiri.

Paulus dari Salib

Maksud Anda, Anda tertarik untuk bergabung dengan jemaat kami?

Vicente

Ya. Saya melihat Anda berbicara dengan sangat baik tentang pekerjaan Anda. Saya memiliki afinitas untuk kegiatan Anda. Saya ingin melakukan yang terbaik dan berkontribusi pada pertumbuhan tim.

Paulus dari Salib

Saya senang Anda berhasil. Perusahaan kami terbuka untuk semua orang yang ingin berkolaborasi. Karya kerasulan Anda menawan saya dan membuat saya percaya bahwa Anda adalah akuisisi yang hebat. Selamat datang.

Vicente

Saya tersanjung. Ini lebih merupakan mimpi yang menjadi kenyataan. Anda dapat yakin saya akan melakukan yang terbaik.

Vicente secara resmi diintegrasikan ke dalam tim dan mulai terlibat dalam pekerjaan sosial jemaat. Dia adalah contoh penting dari seorang Kristen.

Berkeliling negara sebagai misionaris
Di sebuah desa di Italia selatan

Petani

Maksudmu kau utusan Tuhan? Menurut Anda bagaimana Anda dapat membantu seorang wanita petani miskin yang putus asa?

Vicente

Aku membawa serta kedamaian Allah. Melalui ajaran ilahi, Anda dapat mengatasi masalah Anda dan menjadi orang yang lebih berprestasi.

Petani

Baiklah. Bagaimana saya bisa bahagia mengikuti hukum ilahi?

Vicente

Ikuti perintah-perintah. Cintai Tuhan di tempat pertama, jangan membunuh, jangan mencuri, jangan iri, bekerja untuk impianmu, memaafkan dan melakukan amal. Ini adalah beberapa hal yang dapat Anda lakukan dan menjadi manusia yang lebih baik.

Petani

Terkadang saya merasa sedih karena frustrasi pribadi saya. Impian saya adalah menjadi dokter, tetapi kemiskinan membuat saya mengambil jalan lain. Hari ini saya adalah buruh harian dan mesin cuci. Dengan uang dari pekerjaan, saya untuk hidup ketiga anak saya. Suami mabuk saya melarikan diri dengan wanita lain. Saya agak berpikir itu baik karena dia adalah beban dalam hidup saya. Aku masih ingat pengkhianatanmu dan itu menyakitkan. Saya ingin menemukan jalan yang lebih jelas untuk hidup saya.

Vicente

Jagalah anak-anakmu. Mereka adalah kekayaan terbesar Anda. Keluarga kita adalah kekayaan terbesar kita. Dari pengalaman hidup saya, perlakukan mereka dengan baik. Anda akan memenuhi impian Anda melalui mereka.

Petani

Kebenaran. Saya berusaha sangat keras untuk memberi mereka semua yang tidak saya miliki. Saya seorang konselor ibu yang baik. Saya hanya ingin yang terbaik untuk anak-anak saya.

Vicente

Itu bagus. Tuhan akan memberkati Anda dan menyembuhkan rasa sakit Anda. Ada kejahatan yang datang untuk mengajar. Tidak ada kemenangan tanpa penderitaan. Kegagalan mempersiapkan kita untuk menjadi pemenang sejati.

Petani

Kemuliaan bagi Allah. Terima kasih atas segalanya, Ayah.

Vicente

Terima kasih Tuhan, anakku. Semua yang terbaik untuk Anda.

Karya pendeta Kristen itu benar-benar luar biasa. Dia memikat banyak orang dengan hikmat dan imannya kepada Kristus. Contoh penting yang baik selalu berlaku.

Kematian Pendiri Kongregasi

Paulus dari Salib meninggal dunia. Itu adalah rasa sakit yang mengerikan bagi Vicente yang sangat berteman baik dengannya. Itu adalah hari yang penuh badai. Kerumunan orang menghadiri bangun. Di antara doa dan air mata, mereka berduka atas kehilangan pria hebat itu. Kematian benar-benar tidak bisa dijelaskan. Kematian memiliki kekuatan untuk mengambil kehadiran orang-orang yang paling kita cintai.

Prosesi pemakaman meninggalkan rumah dan maju di jalan-jalan kota menuju pemakaman. Itu adalah sore yang cerah dengan angin kencang yang menghantam wajah mereka dengan menakutkan. Di sana, lintasan seorang pria bangsawan berakhir. Seorang pria yang didedikasikan untuk keyakinan agamanya.

Parade ke depan dari lubang yang digali di pemakaman. Kata terakhir diberikan kepada murid utama Anda. Vicente kita tersayang.

"Waktunya telah tiba untuk perpisahan seorang pria hebat. Seorang pria dengan karier yang luar biasa di depan jemaatnya. Dia benar-benar mengerjakan misinya. Dalam proyeknya, ia membantu ribuan orang dengan nasihatnya, bantuan keuangannya, dan teladannya yang baik. Dia meninggalkan jejak bangsawan. Dia bangga dengan keluarga, masyarakat, dan saudara-saudaranya yang Kristen. Itu adalah karakter yang tidak dapat dibatalkan yang mengilhami kita untuk menjadi manusia yang lebih baik. Pergilah dengan damai, Saudaraku! Semoga Sang Pencipta Allah memberikan sisa yang layak Anda dapatkan. Suatu hari kita akan bertemu lagi.

Di antara air mata dan tepuk tangan, mayat itu dimakamkan. Di sana berakhir lintasan seorang pria besar di bumi. Itu dibiarkan berharap dia banyak keberuntungan di tempat tinggal abadi barunya.

Penunjukan untuk jabatan Uskup

Vincent Mary dibesarkan dalam misi dan kekudusannya. Karya kerasulannya dikagumi oleh semua orang. Sebagai hadiah atas karyanya, keuskupannya memutuskan untuk mempromosikannya ke jabatan uskup.

Hari besar telah tiba. Dalam sebuah upacara pribadi, para ulama berkumpul dalam sebuah perayaan besar.

Mantan Uskup

Waktunya telah tiba untuk pensiun dan menghabiskan sisa usia tua saya beristirahat. Lihatlah, kami telah memilih Vincent Mary untuk menggantikan saya. Dia adalah seorang imam yang sangat terampil untuk pekerjaan itu. Proyeknya dalam kongregasi telah menjadi alat yang berharga bagi Gereja Katolik dalam memerangi dosa dan dalam penaklukan orang-orang percaya baru. Kuharap berhasil, sayang. Ada yang harus dideklarasikan?

Vincent Mary

Merupakan suatu kehormatan bagi saya untuk menerima dekorasi seperti itu. Saya berjanji untuk tetap setia pada keyakinan saya dan mematuhi hukum gereja ibu yang kudus. Tuhan bersamaku di jalan yang besar ini.

Tepuk tangan diberikan kepada kalian berdua. Itu adalah siklus baru dalam kehidupan setiap orang. Mereka tahu bahwa keuskupan itu aman dan bahwa gereja ibu yang kudus akan tumbuh lebih banyak lagi. Tuhan bersama semua orang!

Invasi Napoleon Bonaparte

Napoleon Bonaparte adalah seorang kaisar yang merebut Gereja. Untuk mendominasi seluruh jemaat, tentara menyerbu keuskupan menuntut posisi dari uskup.

Serdadu

Kami di sini atas nama Napoleon Bonaparte. Tuhan Uskup, apakah Anda tunduk pada otoritas Napoleon Bonaparte?

Vincent Mary

Tidak pernah. Saya tidak tunduk pada otoritas siapa pun. Saya adalah satu-satunya hamba Kristus.

Serdadu

Nah, itu saja. Aku akan menangkapnya. Anda akan memiliki banyak penderitaan untuk belajar menghormati pihak berwenang.

Vincent Mary

Jika ini adalah kehendak Tuhan, saya siap! Kau bisa membawaku. Saya tidak takut dengan keadilan laki-laki.

Uskup dibawa ke penjara. Dia kemudian diasingkan ke kota Novara dan Milan untuk jangka waktu tujuh tahun.

Periode pengasingan

Selama tujuh tahun ia diasingkan, Vincent menderita jenis penyiksaan fisik dan verbal yang paling beragam yang membuktikan imannya. Ini adalah masa-masa sulit ketika Imperialisme adalah kekuatan terbesar. Laporan tentang dia di penjara:

"Tuhan, betapa aku menderita! Saya menemukan diri saya dalam jalan keluar. Penindas saya banyak dan kuat. Aku merasa begitu sendirian. Sementara itu, Tuan, Anda adalah kekuatan dan kekuatan saya. Aku percaya padamu kebangkitan. Saya percaya bahwa ini adalah fase dan bahwa tangan Anda yang kuat dapat datang untuk mengubah hidup saya. Saya percaya pada nilai-nilai dan iman saya. Semuanya akan baik-baik saja."

Serdadu

Kerajaan Napoleon Bonaparte telah jatuh. Anda bebas untuk kembali ke keuskupan Anda.

Vicente

Kemuliaan bagi Allah. Saya tidak tahu bagaimana berterima kasih atas pembebasan ini. Untuk pertama kalinya dalam hidup saya, saya merasa benar-benar bebas. Kemuliaan bagi Allah untuk itu! Misi saya bisa terus berlanjut.

Selamat tinggal misi

Vincent Maria memegang jabatan uskup selama beberapa tahun lagi. Sebagai seorang penatua, dia meminta pengunduran dirinya. Bebas dari kewajibannya, ia terus membantu dalam misi katekis. Misinya diperpanjang hingga akhir hari-harinya. Pengudusannya terjadi pada tahun 1950.

Akhir

www.ingramcontent.com/pod-product-compliance
Lightning Source LLC
LaVergne TN
LVHW021333080526
838202LV00003B/160